insel taschenbuch 4646
Thomas Montasser
Der Sommer der Pinguine

Thomas Montasser

DER SOMMER
DER PINGUINE

Roman
Mit Illustrationen von Isabel Pin

INSEL VERLAG

3. Auflage 2019

Erste Auflage 2018
insel taschenbuch 4646
Originalausgabe
© Insel Verlag Berlin 2018
Vertrieb durch den Suhrkamp Taschenbuch Verlag
Umschlag: Anke Rosenlöcher, Berlin
Umschlagabbildung: Isabel Pin, Berlin
Druck: CPI – Ebner & Spiegel, Ulm
Printed in Germany
ISBN 978-3-458-36346-0

DER SOMMER
DER PINGUINE

»*Es wäre vieles leichter auf der Welt, wenn die Menschen nicht nur immer das sehen würden, was sie sehen wollen.*«
Rufus Gladstone

1.

Diese Geschichte trug sich vor nicht allzu langer Zeit in London zu, und zwar an einem schönen Spätsommertag. Es war die sogenannte *Last Night of the Proms,* also jener Abend, an dem die Saison der traditionellen Promenadenkonzerte zu Ende geht und damit auch die sehr kurze Zeit, in der sich die Londoner wie Italiener fühlen – auf sehr englische Art natürlich.

Genau genommen nahmen die Ereignisse ihren Anfang bereits tags zuvor, als Mrs. Annetta Robington, eine Geographielehrerin aus Great Missenden – das im Gegensatz zu seinem Namen eher ein sehr kleines Örtchen ist –, auf ihrem Weg vom British Museum zum Hyde Park der Versuchung nicht widerstehen konnte, eine kleine Buchhandlung im ebenso lebhaften wie bezaubernden Stadtteil Mayfair zu betreten. Sie hatte die Entfernungen in London unterschätzt. Wer die Laufwege von Great Missenden gewöhnt ist, sieht sich in einer Stadt wie London plötzlich mit sehr abweichenden Dimensionen konfrontiert.

Es war aber nicht allein die Hoffnung auf einen Augenblick des Ausruhens in der kühlen Stille eines offensichtlich gepflegten und kultivierten Ladens, es war auch die Neugier. Der Buchhändler schien ein natürliches Gespür für Mrs. Robingtons Interessen zu haben: So gut wie jedes Buch, das er in der Auslage präsentierte, hätte sich auch in Mrs. Robingtons kleiner Bibliothek befinden können. Von *Darwins letzte Reise* über *Sibirischer Sommer* bis hin zu *Die souveräne Lehrerin*. Ein seltsam vielseitiges und, wie es Mrs. Robington in den Sinn kam, als sie über die Schwelle trat, vieldeutiges Sortiment.

Das Dämmerlicht des Ladens und die plötzliche Ruhe, als die Tür mit leisem Klingeln hinter ihr zusank, bewirkten ein leichtes Schwindelgefühl bei der Kundin, die wir uns als Frau mittleren Alters vorstellen dürfen, deren energischste Jahre vielleicht schon hinter, während die besten zweifellos noch vor ihr lagen – doch das ahnte sie zu diesem Zeitpunkt freilich nicht. Aus den Augenwinkeln registrierte sie den Buchhändler, der hinter der Ladentheke und einer Kasse kaum zu sehen war, ihr aber einen freundlichen Gruß entbot.

Genussvoll sog Mrs. Robington die nach Papier und Druckerschwärze riechende Luft ein und spürte einen leichten Kitzel in den hinteren Gehirnarealen. Hatte das jemals schon jemand untersucht? Gab es dort in der Nähe des Stammhirns eine Region, die auf den Duft von Büchern ganz besonders intensiv reagierte? Seufzend stieß sie die

Luft wieder aus, bemerkte, wie sich eine angenehme Kühle über ihre nackten Arme breitete, und wandte sich den Tischen und Regalen zu, auf denen all die verlockende Literatur präsentiert wurde, die ein offenbar ebenso belesener wie empathischer Buchhändler für seine Kunden in diesem entzückenden Ladenlokal zusammengestellt hatte. Man konnte aus der Auswahl manche Vorliebe des Inhabers herauslesen, die Liebe zur nordischen Literatur etwa, ein Faible für Werke aus der beginnenden Neuzeit, Kulinaria, die sich mit den diversen Arten, Fisch zuzubereiten, beschäftigten – und ein ganzes Regal mit Büchern über den Lebensraum Antarktis, wie Mrs. Robington mit einer Mischung aus Erstaunen und Neugier feststellte.

Langsam wich die Erschöpfung des langen Fußmarsches an diesem heißen Tag der Erquickung, die eine gut geführte Buchhandlung jederzeit zu spenden fähig war. Erfrischt von der Vielfalt der literarischen Verlockung, setzte sich Mrs. Robington auf einen der Hocker, um sich ganz in die Botanik der ostafrikanischen Inseln, die Erzählungen von Henry James, die Memoiren einer siamesischen Konkubine und zuletzt einen Bildband mit historischen und zeitgemäßen Fotografien von Pinguinen in bisweilen unfassbar detaillierten Aufnahmen zu vertiefen. Sie vergaß Zeit und Raum. Erst als die Dämmerung nach draußen übergegriffen hatte, schreckte sie hoch und blickte auf die Uhr. Der Zug nach Aylesbury, den sie hatte nehmen wollen, war längst abgefahren, der nächste würde wegen der unvermeidlichen Eisenbahnerstreiks erst in gut zwei Stunden gehen. Wenn überhaupt. Sie räusperte sich, stand auf und strich ihr Kleid glatt. Vor ihr lag ein Stapel Bücher, in denen sie gelesen hatte und der sie nun anhänglich betrachtete. Die konnte sie keinesfalls alle mitnehmen. Erstens hatte sie nicht genug Geld bei sich und zweitens hätte sie nicht gewusst, wie sie sie alle transportieren sollte. Nun gut, aber zumindest ein oder zwei davon sollte sie kaufen, nun da sie so lange die unaufdringliche Gastfreundschaft des Buchhändlers genossen hatte. Nachdem sie ein wenig mit sich gerungen hatte, trug sie einen leichten Sommerroman über ein Wochenende am Comer See und einen ziemlich voluminösen Band mit antiken Landkarten zur Kasse und legte die beiden Bücher auf die Theke. »Die hätte ich gerne«, sagte sie und stutzte. »Ich … ich …« Konnte es wirklich sein? Oder spielte die Atmosphäre dieser verwunschenen kleinen Buchhandlung noch mit ganz anderen Arealen ihres Gehirns? Mrs. Robington war niemand, der an Elfen und Trol-

le glaubte. Nie gewesen. Im Gegenteil: Als Angestellte im öffentlichen Dienst des Vereinigten Königreichs war sie dem Übersinnlichen eher wenig zugeneigt und überhaupt eine durch und durch rationale Person. Worauf sonst hätte man ein Weltreich bauen können, wenn nicht auf die Zuverlässigkeit und den Realismus der Engländer.

Und doch: Was sie sah, ließ sich beim besten Willen nicht mit den Gesetzen der Wirklichkeit vereinbaren und konnte nur damit zusammenhängen, dass sich die eindrucksvollen Fotografien der Bewohner von Grahamland und den Südlichen Shetlands in ihre Netzhaut eingebrannt hatten. »Pinguine gibt es nur am Südpol«, flüsterte sie und schloss für einen Moment die Augen. Wenn sie sie wieder öffnete, würde alles verschwunden sein, das Trugbild würde sich auflösen und dahinter würde ein netter älterer Herr sichtbar, dessen leicht angeknittertes weißes Hemd in einem dunklen Tweedjackett steckte und von einer schlecht sitzenden Fliege mit Paisleymuster zusammengehalten wurde.

»In der Tat, ein weit verbreiteter Irrtum«, murmelte der Buchhändler und griff nach den beiden Werken, die vor ihm lagen. »Diese hier?«

»Wie bitte?«

»Diese Bücher?«

»Nein, ich meine das, was Sie zuvor sagten: *ein weit verbreiteter Irrtum.*« Fassungslos starrte Mrs. Robington den Buchhändler an.

»Ein Scherz, nichts weiter«, erklärte er. Doch die zarten Federn seiner Brauen zitterten bei diesen Worten, und das tiefe Schwarz seiner Augen schien ihren Blick zu fliehen.

»Aber Ihr Federkleid«, stotterte die Lehrerin und deutete unsicher auf seine Brust.

»Alfred Twickenham, Schneider in der achten Generation. Savile Row Nr. 14.«

»Und die Spitzen an den Ohren ...«

»Jenson's Hair Cut. 12 Pfund 50 – ohne Trinkgeld.« Der Buchhändler klopfte auf die Bände, die immer noch vor ihm lagen. »Sie zahlen bar?«

»Gewiss«, hauchte Mrs. Annetta Robington, die es nicht glauben mochte. Doch die ebenso souveräne wie trockene Reaktion des Gentleman ließ ja wohl keinen Zweifel daran, dass ihr Geist ihr einen Streich gespielt hatte, dass sie ihrer eigenen Phantasie erlegen war. Sie lächelte entschuldigend und reichte dem Pinguin eine Zwanzigpfundnote, verzichtete auf das Wechselgeld und verließ den Laden mit sehr gemischten Gefühlen.

Als die Tür hinter ihr zuschwang, blickte sie noch einmal zurück und betrachtete den alten Mann hinter seiner Kasse. Eine eigenartige Besorgnis schien sich in seiner Miene widerzuspiegeln. Ein kummervoller Zug lag über seiner Stirn und um seinen Schnabel.

✳

2.

Antike Landkarten laden dazu ein, die Welt mit den Augen
unserer Vorfahren zu sehen. Länder, Städte und Flüsse,
Meere lernen wir unter fremdartig klingenden Namen kennen, Mittelpunkte, Achsen und Dimensionen erscheinen
in ganz anderem Licht. Jerusalem ist vielfach der Nabel der
Welt, Indien und die britischen Inseln gleichen sich in ihrer
Größe und Brasilien hat die Form eines spanischen Fächers
oder wahlweise die einer prallen Papaya. Stundenlang konnte Mrs. Annetta Robington sich in der Betrachtung solcher
historischer Aufzeichnungen verlieren. Während ihre übrigens sehr zarten Fingerspitzen sacht über die faksimilier-
ten Holzschnitte, Stiche und Radierungen glitten, lasen ihre
Lippen lautlos die geheimnisvollen Bezeichnungen von
Bergen und Tälern, Regionen, Völkern und Stämmen. Und
aus einem südländischen Spätnachmittag wurde ein bri-
tischer Abend: Die Bäume des Hyde Park hatten die Sonne
verschluckt und den Mond an den noch milchigen Himmel geschickt, der über den Laternen stand und fragend
auf die Besucherin aus Great Missenden herabblickte. Un-
willkürlich ergriff ein Schaudern unsere Heldin. Wie spät
mochte es sein? Halb sieben? Sieben? Es war, wie sie beim
Blick auf die Armbanduhr, die sie von ihrer Mutter geerbt
hatte, feststellte, halb acht. Normalerweise kein Problem
mit den Chiltern Railways. Wegen der seit Wochen dauern-
den Streiks aber an jenem Tag zu spät für einen Zug nach
Hause.

Mrs. Robington gehörte nicht zu den Menschen, die sich über Dinge grämten, die sie nicht ändern konnten. Im Altertum wäre sie vermutlich Stoikerin geworden. So hatte sie sich dafür entschieden, jungen Menschen ein Bild von der Welt beizubringen, was letztlich auf das Gleiche hinauslief. Da nun also Great Missenden an diesem Abend nicht mehr zu erreichen sein würde, musste sie wohl oder übel die Nacht in London verbringen. Sie klappte die Karte des Achämenidischen Imperiums zusammen, um sich auf die Suche nach einer Herberge zu machen, als ihr wieder der Buchhändler in den Sinn kam, ja mehr noch: Sie sah ihn geradezu vor ihrem inneren Auge, so deutlich, als stünde er vor ihr in seinem Anzug von Alfred Twickenham und mit seinem Haarschnitt von Jenson's. Doch vermochte solcherlei Ausstattung einen Menschen zum Ebenbild eines Pinguins zu machen? Wäre nicht dieser besorgte Blick gewesen, den er ihr hinterhergeschickt hatte, vielleicht hätte Mrs. Annetta Robington es für eine Laune ihres allzu angeregten Geistes gehalten, zwischen all den Büchern, im Duft des Ladens an diesem warmen Spätsommerabend, an dem sie vielleicht etwas zu viel gelaufen war und etwas zu wenig gegessen hatte. Doch die Besorgnis hatte nicht ihr gegolten, nein, es war eine andere Art von Kummer gewesen, etwas wie: Angst?

Während ihr all dies durch den Kopf ging, fand sie sich – wenig überraschend – unvermittelt vor dem Buchladen wieder, in dem der alte Mann gerade im Begriff war, sein Tagwerk zu beschließen. Und während er mit einem geradezu antik wirkenden Schlüsselbund zur Tür gewatschelt kam, tauchte die Geographielehrerin aus der Provinz vor ebenderselben auf und beeilte sich, noch rasch hineinzuschlüpfen.

»Ma'am, es war ein langer Tag«, sagte er verdrießlich. »Es tut mir überaus leid, aber wir müssen nun schließen.«

»Natürlich, Sir«, erwiderte Mrs. Robington. »Ich werde auch gleich wieder weg sein. Nur eine Frage noch.«

Der alte Buchhändler blieb an der Tür stehen, den Schlüsselbund überdeutlich in seiner Flügelspitze präsentierend.

»Es gibt sie noch anderswo, richtig?«, sagte Mrs. Robington.

»Pardon?«

»Pinguine. Nicht nur am Südpol.« Ihre Augen blitzten ihn an, durchleuchteten ihn förmlich. Wenn einmal etwas Mrs. Robingtons Neugier geweckt hatte, so ruhte sie erst, wenn sie das Geheimnis ergründet hatte.

Der alte Buchhändler sog scharf die Luft ein, blickte vorsichtig durch die Tür nach draußen und zog dann die lästige Besucherin weiter in den Laden, nicht ohne die Tür hinter sich abzusperren. »Setzen Sie sich«, seufzte er und deutete auf einen Hocker neben der Theke.

»Also habe ich recht?«, fragte Mrs. Robington wenige Augenblicke später, als sie dem faszinierenden Wesen gegenübersaß. »Sie sind ein Pinguin.«

»Vergessen Sie es, Ma'am«, entgegnete der Buchhändler. »Es ist besser, wenn Sie nicht weiter darüber nachdenken. Tun Sie einfach, als wäre es Ihnen gar nicht in den Sinn gekommen.«

»Aber warum? Ich meine … Wie kann es sein?«

Der alte Mann zuckte mit den Schultern oder vielmehr: dem Teil seines Körpers, wo Schultern gewesen *wären*. »Nun, sie leben überall. Pinguine. Sie haben sich nur gut angepasst. Aber heute finden Sie Pinguine in Marrakesch ebenso wie in Basel, Melbourne oder Toronto.«

»Aber … Ich meine: *in einem Buchladen?*«

»Gut, sicher nicht in dem Sinne überall, dass Sie nun im Fußballstadion auf Pinguine treffen würden. Oder unter Handwerkern. Überhaupt, wir sind handwerklich eher weniger begabt«, erklärte der alte Buchhändler und wackelte entschuldigend mit den Flügelspitzen. »Spheniscidae, müssen Sie wissen, sind – wie im Grunde alle Raubtiere – von hoher Intelligenz …«

»Raubtiere?« Mrs. Robingtons betroffene Miene ließ den Buchhändler trotz aller Sorge schmunzeln.

»Gewiss«, erklärte er. »Haben Sie noch nie gesehen, wie sich Pinguine pfeilschnell unter Wasser bewegen? Sie sind jedem Fisch an Eleganz, Körperkraft und Schnelligkeit weit überlegen. Nun gut, fast jedem Fisch. Natürlich sind Pinguine Raubtiere. Und als solche raffinierte Strategen und Taktiker. Nicht umsonst wurde das Schachspiel von einem meiner Vorfahren im Jahre … aber das führt zu weit. Jedenfalls hat das zur Folge, dass sich die Spheniscidae vor allem in den intellektuellen Disziplinen, in Kultur und Politik besonders verbreitet haben. Sie finden heute kaum noch einen Atomphysiker, der nicht schon unter den Füßen seines Vaters hochkomplexe Gleichungen gelöst oder entworfen hat. Haben Sie sich noch nie gefragt, warum Napoleon so klein war? Oder warum man Mozarts Grab nie gefunden hat?«

»Sie meinen, die beiden …«

Der alte Buchhändler nickte bedeutungsvoll. »Die Mona Lisa – Leonardo hat es meisterlich verstanden, die wahre Identität der Gioconda zu verschleiern. Der zarte Schleier ist natürlich ein Symbol. Das geheimnisvolle Lächeln …«

»Die Mona Lisa war eine Sphenisci …?«, hauchte Mrs. Robington. »Und Leonardo am Ende auch?«

»Nein.« Der Buchhändler winkte ab. »Er war nur ein Mensch. Wenn auch ein ganz besonderer, da sind sich Menschen und Pinguine ausnahmsweise einig.«

»Entschuldigen Sie, wenn ich so aufdringlich bin«, sagte Mrs. Robington und blickte verlegen zu Boden. »Aber das alles verblüfft mich über die Maßen. Und ehrlich gesagt …«

Die Brauen des alten Buchhändlers hoben sich belustigt. »Ehrlich gesagt was? Ehrlich gesagt, können Sie es nicht so recht glauben?«

Die Lehrerin vom Lande zögerte. »Ich finde nur … nun ja, Pinguine, die gibt es doch eigentlich vor allem …«

»Im Zoo?«

Sie nickte.

Auch der alte Buchhändler nickte. »Verstehe«, sagte er. »Und Sie denken, wenn Pinguine sprechen könnten, würden sie nicht im Zoo landen.«

»Ist es nicht so?«

»Nun, es ist eine zutiefst menschliche Betrachtungsweise. Sehen Sie es doch einmal umgekehrt: Wenn Sie sich an den Südpol entführt fänden, könnten Sie dann mit den dort lebenden Arten kommunizieren?«

»Äh, nein, ich nehme an, das könnte ich nicht.«

»Eben. Die Pinguine, die Sie in den menschlichen Zoos finden, stammen alle aus ihrem natürlichen Habitat oder sind – von der menschlichen Gesellschaft abgeschottet – in Gefangenschaft unter ihresgleichen aufgewachsen. Man hat sie verschleppt und isoliert gehalten. Einige wenige

haben es dennoch geschafft, eine menschliche Sprache zu lernen. Doch das hört und versteht natürlich nur der jeweilige sogenannte Tierpfleger. Wenn er sich dann mit den Tieren unterhält, als sei es das Normalste von der Welt, dann hält man ihn für ein Genie. In Wirklichkeit sind es die gefangenen Pinguine, die durch ihr Sprachtalent eine schier unüberwindbare Mauer durchbrochen haben. Und das ist auch der Grund, weshalb Sie dies alles, unser Gespräch, Ihre Beobachtungen, Ihre Schlussfolgerungen und alles, dringend schnellstens vergessen sollten! Es ist zu gefährlich. Nicht für Sie natürlich. Aber für mich … und für meine Artgenossen.« Damit zückte der alte Mann wieder seinen Schlüsselbund und deutete zur Tür. Es war nicht zu übersehen, dass er aufgewühlt und das Thema nicht weiter zu verfolgen gewillt war.

Mrs. Annetta Robington stand auf und nickte. »Ich verstehe, was Sie mir sagen wollen, Sir«, flüsterte sie. »Und es tut mir sehr leid, was mit Ihren Artgenossen geschehen ist. Ich kann mich nur im Namen der Menschheit für das Unrecht entschuldigen.«

Der alte Buchhändler seufzte und schenkte ihr einen gütigen Blick. »Das müssen Sie nicht, Ma'am. Das müssen Sie nicht. Ich weiß auch gar nicht, ob die Menschheit Ihnen das nötige Mandat dazu erteilen würde.«

Mrs. Robington musste lachen. Der gute Mann war wirklich nach ihrem Geschmack. »Verraten Sie mir nur eines«, sagte sie. »Wie gelingt es Ihnen, zwischen all den Menschen unerkannt zu leben?«

»Ist das nicht offensichtlich?«, fragte der Buchhändler.

»Die meisten Menschen sehen nur, was sie erwarten. Aber die Welt ist doch viel mehr als nur das Erwartbare, nicht wahr?«

»Aber ich habe Sie doch auch erkannt«, erwiderte Mrs. Robington, wenig überzeugt.

»Nun, Sie sind eben eine Ausnahme.« Eine Feststellung, der nicht gut zu widersprechen war. Einen Moment musterte der Buchhändler die Kundin mit kaum verhohlener Süffisanz, dann wandte er sich um und griff aus einem Fach hinter der Theke ein Exemplar des (übrigens auch antiquarisch so gut wie nicht mehr erhältlichen) Klassikers *Die Entdeckung des Menschen* von P. G. Iceberger. »Wenn Sie erlauben, würde ich Ihnen dieses Buch hier gerne ans Herz legen«, sagte er und reichte es Mrs. Robington.

Mit einer Mischung aus Neugier und Zurückhaltung nahm sie es in die Hand und schlug es auf. *Menschliches, allzu Menschliches.* Sie hatte nicht mehr sehr viel Bargeld bei sich, und es galt, noch eine Unterkunft für die Nacht zu finden. *Amundsens Rettung durch die Könige des Eismeers.* In London konnte das teuer sein. *Verkannt, verschleppt, verleumdet – Pinguine in der Gewalt des Menschen.* Wer wusste, welche Ausgaben sonst noch auf sie zukamen. »Was soll es denn kosten?«

»Lesen Sie es und bringen Sie es mir wieder«, sagte der Buchhändler, während er sein Brustgefieder glatt strich. »Es ist unverkäuflich.«

»Und doch wollen Sie es mir leihen? Wie großzügig von Ihnen! Ich weiß gar nicht, was ich sagen soll.«

»Nichts«, sagte der Buchhändler. »Sagen Sie einfach

nichts. Dann können meine Artgenossen weiterhin unauffällig und in Frieden leben.«

Mrs. Robington neigte leicht ihren Kopf, gab dem Buchhändler die Hand und sagte leise: »Sie können sich darauf verlassen, dass niemals ein Wort davon über meine Lippen kommen wird. Es bleibt unser beider Geheimnis.«

*

Wenig später saß sie erneut auf der Bank im Hyde Park und holte im Licht einer Laterne das geheimnisvolle Buch heraus: *Die Entdeckung des Menschen.* Willkürlich schlug sie es irgendwo in der Mitte auf:

Anders als andere Winterreisende, zieht es den Menschen nur in unregelmäßigen Abständen nach Süden. In wetteruntauglichen Transportmitteln findet er sich an den Rändern der bewohnbaren Welt ein, wobei er stets in zu kleinen Rotten und mit zu wenigen Weibchen auftaucht, als dass sein längerfristiges Überleben gesichert wäre. Entsprechend kurz sind die Aufenthalte auf der Polkappe, was indes den Populationen anderer Arten sehr entgegenkommt. Denn dem Menschen fehlt allgemein jedes Empfinden für Ausgewogenheit. Wohin er auch kommt, er stört das fragile Gleichgewicht des Lebens, wie schon der frühe Gelehrte Pen Gwyn in seiner Schrift Von den niederen Arten *festgestellt hat: »Der Mensch ist das Übel der Erde. Er frisst stets mehr, als er für sein Überleben braucht, er zerstört, was ihm in die Hände fällt, und er bedenkt nicht das Morgen. Keine andere Art ist von vergleichbarer Kurzsichtigkeit, keine andere Art ähnlich auf Zerstö-*

rung aus wie der Mensch, von dem es auf der nördlichen Halbkugel noch weit mehr Exemplare gibt als auf der südlichen (was man den beiden Hemisphären auch ansieht).«

Auch wenn Gwyn in seiner Schrift die Nöte, denen ein gefieder- und pelzloses Wesen ohne besondere Fähigkeiten und ohne jede Einsicht in sein eigenes Handeln naturgemäß ausgesetzt ist, nicht angemessen berücksichtigt, so trifft seine Analyse doch auch nach Jahrhunderten, in denen der Mensch aus seinem Handeln hätte lernen können, uneingeschränkt zu. Ja, man mag manche Kritik als mehr denn je gerechtfertigt ansehen. Jüngere Forschungen haben ergeben, dass viele Exemplare der Gattung Mensch sogar sehenden Auges in ihr Verderben steuern. Mitunter setzen sie sich tödlichen Gefahren ohne jede Notwendigkeit aus. So hat sich unter anderem gezeigt, dass der Mensch sich mit Hilfe fragwürdiger Gerätschaften nicht nur zu Wasser, sondern sogar in der Luft zu bewegen begonnen hat, ohne sich auch nur ansatzweise die dafür nötigen Fähigkeiten angeeignet zu haben. Er scheint vom Wunsch beseelt, jedes Element zu beherrschen, dabei kann er kaum wenige Augenblicke unter Wasser bleiben, ohne zu ertrinken – seine Flugfähigkeiten sind noch bescheidener: Wenn er aus einem seiner Fluggeräte fällt, so gelingt ihm nicht einmal ein geordneter Gleitflug aus geringer Höhe. Es paaren sich im Menschen also offenbar zu gleichen Teilen Ahnungslosigkeit und Selbstüberschätzung.

Der Mensch aus Sicht des Pinguins. Eine ebenso seltsame wie reizvolle Fiktion, dachte Mrs. Robington. Denn eine Fiktion musste es doch sein. Niemals zuvor hätte man gehört, dass außer dem Menschen noch ein anderes Wesen

Bücher zu schreiben imstande war, ja überhaupt die dafür notwendigen sprachlichen Fähigkeiten besaß. Nein, natürlich war all das ein einziger grandioser Unsinn. Weder konnten Pinguine über Menschen (oder sonst eine Art) referieren, noch in der Gesellschaft von Menschen leben (es sei denn in Zoos). Je länger Mrs. Robington wieder für sich war, umso unsinniger erschien ihr alles, was der alte Buchhändler ihr erzählt hatte. Natürlich, er hatte sich einen Scherz mit ihr erlaubt. Und es war ihm nicht zu verübeln angesichts des wirren Auftritts, den sie in seinem Laden gehabt hatte. Ob nun als Gentleman, weil er ihr Spiel charmanter Weise mitzuspielen bereit gewesen war, oder als Schuft, weil er ihre Verwirrung schamlos zu seiner eigenen Unterhaltung ausnutzte, er hatte sie auf den Arm genommen. So wie es dieser Autor tat: Wenn auch im Gewand einer angeblich wissenschaftlichen Arbeit und unter dem Alias eines Wasservogels, P. G. Iceberger hatte ein Schelmenstück abgeliefert. Pinguine waren nicht fähig, eigenständig zu denken oder mit Wesen, die nicht ihrer Gattung angehörten, zu kommunizieren. Sie waren, was sie waren: Tiere. Und damit nicht Teil der menschlichen Gesellschaft. Sie konnten sich – zweifellos auf eher primitive Weise – nur mit ihresgleichen austauschen und würden allzugroße Nähe des Menschen immer meiden. Und doch: Es blieb ein seltsames Gefühl in Mrs. Annetta Robingtons Innerstem. Der Mensch sieht nur, was er erwartet, dachte sie.

Ein wenig ratlos und auch ein wenig aufgewühlt sah sich Mrs. Robington um. Der Park war noch sehr belebt. Junge Menschen klammerten sich an- oder drückten ihre

Münder aufeinander, ein Bratschist beschwor Dvořák mit etwas schiefen Tönen, Hunde zerrten an ihren Leinen im Sinnestaumel des frühabendlichen Duftpotpourris, ein paar lautstarke Jungs setzten sich mit ihren Skateboards über Schwerkraft und Parkordnung hinweg.

Rückblickend fragte sich Mrs. Robington später manches Mal, ob sie es nicht – ganz unbewusst versteht sich – sogar ein wenig darauf angelegt hatte, diesen Abend in der großen Stadt zu bleiben und das Leben mit all seinen Überraschungen auf sich zukommen zu lassen. Jedenfalls spürte sie nicht ohne eine gewisse angenehme Unruhe, wie ihr Herz schneller zu schlagen begann. London, das war immer ein Abenteuer für sie gewesen. Schon damals, als sie in jungen Jahren … Hatte ihr Herz an dieser Stelle für einen Schlag ausgesetzt? Gut möglich, wenn man bedenkt, wie ungeheuerlich der Gedanke, der Mrs. Robington plötzlich durchfuhr, sich anfühlte: Sie könnte hinüber nach Knightsbridge spazieren, um nachzusehen, ob es das Harriet's Inn noch gab, ja, das könnte sie in der Tat. Sie könnte fragen, ob zufällig noch ein Zimmer frei wäre, womöglich sogar die Nummer 17, auch wenn der Raum nur auf den Hinterhof ging und weder besonders komfortabel noch besonders hell war. Andererseits: An kaum einem anderen Ort auf dieser Welt durfte sich Mrs. Robington schönere Erinnerungen erhoffen als im Zimmer Nr. 17 des Harriet's Inn in der Trevor Street in Knightsbridge. Nirgendwo sonst war sie jemals so unvernünftig und glücklich gewesen wie an diesem Ort.

Es fällt nicht schwer, sich vorzustellen, dass die schönen Erinnerungen die sehr sympathische Dame aus Great

Missenden bereits unmittelbar nach der Speaker's Corner, fast noch in Sichtweite des Marble Arch, eingeholt hatten und ihre Schritte mit derselben Vehemenz beflügelten wie die Aussicht, endlich aus ihren Schuhen zu kommen und ein paar gemütliche Stunden mit einem Sommerroman über ein Wochenende am Comer See und vielleicht auch über das vermeintlich wahre Wesen des Menschen in der Badewanne und unter einem Betthimmel zu verbringen, an den sie seit vielen Jahren in manch sentimentaler Stunde dachte – wenn auch nur heimlich, versteht sich.

Der Hyde Park, dieses Juwel der städtischen Gartenbaukunst, wird seit langem gesäumt von einer Bordüre irrwitzigen Straßenverkehrs, wie er bösartiger kaum in Kairo, Mumbay oder Kuala Lumpur zu finden sein dürfte. Mordgierige Lebensmüde liefern sich ein Spiel auf Leben und Tod, so jedenfalls muss es allen Besuchern aus der ländlichen Region erscheinen. Als Mrs. Annetta Robington es dennoch geschafft hatte, diesen Gürtel des Wahnsinns zu überqueren, ließ sie sich sogleich vom gediegenen, aber nicht übermäßig vornehmen Knightsbridge in die dunkler werdenden, freundlich beleuchteten Gassen locken. Bis zum Hotel waren es nur ein paar Schritte, und die Füße liefen diese letzte Strecke von ganz allein, bis Mrs. Robington endlich vor dem Eingang stand, den gerührten Blick auf das schwarze Schild mit den goldenen Lettern geheftet: Harriet's Inn. Seufzend trat sie durch die Tür, die ihr ein livrierter Wagenmeister, den sie zuerst gar nicht bemerkt hatte, galant öffnete.

Leise Musik umfing sie. Erst jetzt, da sie über dicken Teppichboden schritt, fiel ihr auf, wie laut ihre Absätze draußen auf der Straße geklappert hatten. Wie eine ganze Parade bei der Wachablösung, dachte sie und kicherte innerlich ein wenig über ihren kleinen Scherz. »Guten Abend, Madam«, begrüßte sie der Concierge. Gott, so vornehm hatte das alles damals nicht ausgesehen! Etwas verunsichert glitt der Blick der Besucherin über die polierten Täfelungen und das spektakuläre Blumenbouquet am Empfang. »Tja, hm, guten Abend«, sagte sie und erinnerte sich an ihre finanzielle Ausstattung, die ihr mit einem Mal in ausgeprägtem Widerspruch zu diesem Haus zu stehen schien. »Das ist das Harriet's Inn, nicht wahr?«

»Das ist es, Madam und wir heißen Sie herzlich willkommen. Haben Sie reserviert?«

»Das Harriet's Inn, das hier auch schon vor dreißig Jahren stand?«

Der Concierge verbeugte sich ein wenig und entgegnete lächelnd: »In der Tat. Und auch vor hundertdreißig Jahren stand es schon an dieser Stelle.«

»Es hat sich aber sehr … verändert, fürchte ich.«

»Oh! Ich muss gestehen, vor dreißig Jahren war ich noch nicht hier. Aber ich kann Ihnen versichern, Madam, wir werden alles tun, um Sie zufriedenzustellen.«

Ein nervöses Lachen kam über Mrs. Robingtons Lippen. »So meine ich das gar nicht«, sagte sie. »Es ist nur …« Sie beugte sich ein wenig vor und sah dem Concierge in die Augen. »So vornehm war es früher nicht. Und ich fürchte, ich werde mir ein etwas einfacheres …« Verlegenheit färbte ihre Wangen zartrosa. Der Concierge, ein Freund erlesener Züchtungen, flüsterte sogleich: »Remontant.«

»Bitte?«

»Die Farbe.« Er machte eine Andeutung in Richtung ihrer Wangen. »Die Farbe der Remontant-Rose. Eine französische Art aus dem neunzehnten Jahrhundert.«

Verlegen schlug Mrs. Robington die Augen nieder, ohne so recht zu wissen, ob sie eher geschmeichelt sein sollte oder empört. Schließlich gehörte es sich nicht für einen Hotelbediensteten, die Gesichtsfarbe der Gäste zu kommentieren. Eigentlich sollte er sie nicht einmal zur Kenntnis nehmen. Andererseits war sie kein Gast und würde es angesichts der Veränderungen dieses altehrwürdigen Hauses auch nicht werden, da also das Harriet's Inn wie scheinbar ganz London der Veredelung und damit der drastischen Verteuerung zum Opfer gefallen war. »Ja, also, vielen Dank …«, sagte sie und war bereits im Begriff, das Hotel wieder zu verlassen, als sie bemerkte, dass sich der Concierge umgedreht hatte und einen der Schlüssel vom Brett nahm. Es war nahezu die gleiche Bewegung, wie sie vor wenigen Stunden der Buchhändler hinter seiner Ladentheke vollzogen hatte. In dem Moment erkannte sie es, und als er sich ihr wieder zuwandte, hätte sie beinahe einen Schrei getan (beinahe natürlich nur, denn eine Engländerin würde sich niemals zu einem Schrei hinreißen lassen). »Sie sind … Ich meine – Sie auch?«

»Bitte?«

»Nun …« Sie deutete auf seine Livree, auf den ebenso eindrucksvollen wie eleganten Leib, die sehr aufgeräumten Gesichtszüge, das feinsinnige Lächeln, die tadellose Haltung. »Sie sind doch nicht wirklich …?«

»Ein Pinguin?« Er hob die Flossen ein wenig, verbeugte sich abermals leicht und zuckte mit den Achseln. »Oh, wie es Ihnen beliebt Madam. Falls Sie sich überlegen wollen, im Harriet's Inn zu übernachten, kann ich Ihnen ein kleines Zimmer zu einem sehr überschaubaren Preis anbieten. Offensichtlich waren Sie schon vor vielen Jahren Gast unseres Hauses. Da können wir Sie unmöglich ohne eine angemessene Unterkunft in die Nacht hinaus schicken, nicht wahr?«

»D… danke«, stotterte Mrs. Robington und nahm den Schlüssel zur Hand. »Ich bin wirklich sehr dankbar … Und erstaunt. In der Tat.« Und nach nur einem kurzen Zögern: »Wäre das dann ein Königspinguin?«

»Das wäre es. Ein Aptenodytes patagonicus. Stets zu Diensten. Ich glaube, Ihrer Reaktion von vorhin entnehmen

zu dürfen, dass Sie bereits das Vergnügen hatten, einen Artgenossen zu treffen? Ich meine: von mir.«

»Ähm ja, durchaus. Ich gebe zu, ich bin etwas verwirrt. Heute Nachmittag hatte ich das Vergnügen, einen Ihrer, hm, Ihrer … Artgenossen kennenzulernen. Einen Buchhändler. Ich weiß nicht …«

Der Concierge lächelte milde. »Nun ja, Artgenosse ist in dem Fall etwas weit gefasst. Der gute Basil Snow ist als Spheniscus mehr so etwas wie ein entfernter Verwandter. Ein Brillenpinguin eben. Aber als solcher der vermutliche beste Buchhändler seiner Art!« Ein drittes Mal verbeugte sich der Concierge, deutete dann zum Aufzug, wo bereits ein Hotelboy wartete, und wünschte: »Einen schönen Aufenthalt im Harriet's Inn, Madam. Und … ich wäre Ihnen dankbar, wenn Sie unser kleines Geheimnis diskret behandeln könnten.«

»Gewiss«, sagte Mrs. Robington, nickte ihm zu und trat in die Kabine. »Vielen Dank.«

»Zimmer?«, fragte der Boy, den Finger schon über den Knöpfen. Mrs. Annetta Robington betrachtete den Schlüssel in ihrer Hand und murmelte verblüfft: »Zimmer 17, bitte.«

✻

Eigentlich hätte die junge Frau längst frei haben sollen. Aber es schien ein Naturgesetz zu sein, dass die Praktikanten an der London Library praktisch ununterbrochen im Dienst waren und dass es für sie immer etwas zu erledigen gab, während die Bibliothekarinnen und ihre männlichen Kollegen (von denen die meisten sich gemütliche Jobs in der Verwaltung verschafft hatten) die Spätnachmittage bei Scones und Canasta verbrachten (oder wobei auch immer). Annies Füße schmerzten, und das lag nicht nur an den Schuhen, sondern vor allem daran, dass sie seit sechs Uhr morgens auf den Beinen war und vermutlich mehrere Tonnen Bücher von A nach B bewegt hatte. Insofern war dieser letzte Auftrag des Tages eine angenehme Pflicht, weil es lediglich darum ging, ein Konvolut an historischen Dokumenten zu einem schwedischen Wissenschaftler zu bringen, der auf Einladung der Royal Geographic Society einige Tage in London verbrachte. Das an sich wäre keiner besonderen Aufregung wert gewesen, aber die Tatsache, dass er mit einer auch weit über die Grenzen Schwedens hinaus berühmten Schauspielerin verheiratet war, die ihn ja womöglich begleitet hatte, ließ Annies Herz schneller schlagen, als sie schließlich vor der Tür seines Hotelzimmers stand, die Faust erhoben, um beherzt anzuklopfen. Was ihr jedoch erst im dritten oder vierten Anlauf (und nach mehreren Blicken in ihren kleinen Taschenspiegel) gelang.

Während sie wartete, dass ihr geöffnet wurde, bemerkte sie, dass das Hotel schon bessere Zeiten gesehen haben musste. Die Teppiche waren etwas abgetreten, die Drucke an der Wand ein wenig vergilbt. Es überraschte Annie, dass ein Filmstar in einem so schlichten Haus Quartier nahm. Hätte eine Madelaine d'Arbo nicht vielmehr im Ritz absteigen müssen, im Langham oder zumindest im Savoy?

Auch auf ein zweites Klopfen kam niemand zur Tür. Annie schlüpfte vorsichtig mit der Ferse aus einem ihrer Schuhe, ihre Füße fühlten sich an, als wären sie um drei Größen gewachsen. Das viele Laufen den ganzen Tag über. Das Schleppen von Bücherstapeln. Und dann die ungewöhnliche Hitze ... Ob sie gehen sollte? Oder sollte sie warten? Musste sie warten? Offenbar war ja niemand da, obwohl der Portier sie hochgeschickt hatte. Sie klopfte erneut, diesmal etwas kräftiger. Und bemerkte, dass die Tür nur angelehnt war und einen Spalt breit nachgab. In diesem Augenblick öffnete sich der Fahrstuhl und ein junger Mann mit prächtigem Blumenstrauß in der Hand trat heraus, offenbar ein Botenjunge. Er stolperte, fing sich wieder, kam mit verlegenem Lächeln auf Annie zu, doch statt vorüberzugehen, blieb er vor ihr stehen und verneigte sich etwas unbeholfen. »Entschuldigung, Mrs. D'Arbo, ich hätte Sie fast nicht erkannt. Sie kommen bestimmt vom Drehen.« Er hielt ihr die Blumen hin. »Die hier sind für Sie. Ich meine, nicht von mir. Sondern im Auftrag von Cranburry's & Chandler. Also, das heißt, nicht wir haben die Blumen ...« Er hustete umständlich. »Es steckt eine Karte drin. Vom Absender.«

Annie wich einen halben Schritt zurück und machte eine ablehnende Geste, überrumpelt von dem Auftritt des jungen Mannes (der im Übrigen ein ziemlich zauberhaftes Lächeln hatte). Und noch ehe sie die passenden Worte fand, um das Missverständnis aufzuklären, verstand der Bote. Natürlich falsch: »Oh, gewiss, wie dumm von mir. Ich bringe Ihnen die Blumen ins Zimmer.« Seine Augen flogen zur Tür hin, entdeckten sie unverschlossen und ... »Darf ich?« Ohne eine Antwort abzuwarten, öffnete er die Tür ganz, hielt sie der vermeintlichen Schauspielerin auf und ließ zuerst sie hineingehen, um ihr dann mit dem üppigen Blumenstrauß zu folgen. Der junge Mann schien sein Selbstbewusstsein wieder gefunden zu haben, denn er sah sich ganz unbefangen nach einer Vase um. »Haben Sie denn was hier, wo wir die Blumen reinstellen können?«, fragte er. Und Annie, beschwipst von dem Gedanken, für die große Madelaine d'Arbo gehalten zu werden, schlug vor, was man als Filmstar eben so vorschlug: »Warum nehmen Sie nicht den Sektkübel?«

*

3.

Habitat

Der Mensch in seinem natürlichen Habitat wählt bevorzugt unwirtliche Umgebungen. Oft weit entfernt von größeren Gewässern befinden sich seine Behausungen eng gedrängt typischerweise an Orten, die sich durch extreme Dürre (Rom, Kairo, Mexiko), feuchte Hitze (Delhi, Kinshasa, São Paolo) oder Vulkanismus (Tokio, Neapel, San Francisco) auszeichnen. Wo er günstige äußere Umstände vorfindet, ist er eifrig darum bemüht, diese zu vernichten: durch Umweltverschmutzung (Lagos, Mumbai, Peking), durch zwanghaftes Bauen (New York, Dubai, Kuala Lumpur) oder durch politischen Wahn (Washington, Moskau, Ankara). Die Folge ist eine unübersehbare Völkerwanderung, insbesondere aus der südlichen in die nördliche Hemisphäre. Langfristig kann sich daraus ein Ausgleich ergeben, der zu einer Erholung der sich so entvölkernden Regionen führt.

Der Pinguin hat sich allgemein aus dem heute überwiegend menschlichen Habitat weitgehend zurückgezogen. Nur noch einzelne Exemplare leben in den durch den Homo sapiens geprägten Gebieten. Sie haben sich diesen – den Menschen wie den Lebensräumen – so weit angepasst, dass sie auch in den widrigsten Umgebungen existieren können. Der größte Teil der heute lebenden Kiefermäuler jedoch hat sich in den bisher vom Menschen weitgehend verschonten Regionen gefunden, insbesondere am Südpol.

(Fjodor F. Rostowitsch, Pinguine – Ein Wegweiser von A-Z)

Nichts schien sich in Zimmer 17 verändert zu haben. Die Zeit war stehengeblieben, sogar die Dusche tropfte noch immer in unnachahmlich unregelmäßiger Weise. Für Mrs. Robington war es, als hätte ein alter Freund viele Jahre auf sie gewartet und würde sie nun in die Arme schließen. Und während die Welt um ihn herum eine andere geworden war, hatte er nur ein paar weiße Haare und die ein oder andere Falte bekommen.

Nachdem sie sich frisch gemacht und ihre Füße ein wenig im Wasser gekühlt hatte, erschien ihr ein ausgiebiges Bad mit einem Mal gar nicht mehr so eilig. Vielmehr drängte ein anderes Problem in den Vordergrund: Sie hatte seit dem Frühstück nichts mehr gegessen. Kurz überlegte sie, sich etwas aufs Zimmer bringen zu lassen. Doch diesen Gedanken verwarf sie rasch. Ein Blick in die Speisekarte des Room Service bestätigte ihren Verdacht, dass es hier nichts gab, was auch nur annähernd ihren finanziellen Mitteln entsprochen hätte. Nein, sie würde das Hotel wohl oder übel noch einmal verlassen müssen, um irgendwo eine Kleinigkeit zu sich zu nehmen. Gott sei Dank gab es unzählige Möglichkeiten in Knightsbridge. Sie erinnerte sich an einen kleinen Imbiss drüben bei der Royal Albert Hall, ja, dorthin würde sie spazieren, ein Katzensprung war das von hier, und eine kleine Pastete essen oder Fish 'n' Chips, so wie damals.

Wenig später lief sie beschwingt die Kensington Road hinunter, die eleganten Palais zu ihrer Linken bewundernd und die architektonischen Abscheulichkeiten zu ihrer Rechten ignorierend. Der Abend strahlte, und es herrschte reger

Verkehr auf den Straßen. Viele Fußgänger waren unterwegs, auch wenn die Straße nicht zum Flanieren einlud. Schon nach wenigen Minuten leuchtete das Albert Memorial durchs Geäst der mächtigen alten Bäume. Gleich würde Mrs. Robington das Rund des Theaterbaus sehen. Ihr Herz schlug ein wenig schneller, ihre Schritte beschleunigten sich. Schon drängten sich Taxis und dunkle Limousinen auf dem Platz vor der Königlichen Albert Hall, Damen in prachtvollen Roben entstiegen ihnen so würdevoll, wie es ihnen mit ihren Geschmeiden und den eleganten Hüten möglich war, assistiert von Gentlemen in Frack und steifem Kragen oder zumindest von Chauffeuren mit ausgesuchten Manieren. Mrs. Robington hielt inne und betrachtete das Schauspiel. »Wagner!«, rief eine stolze Frau fortgeschrittenen Alters und warf in geradezu wagnerianischer Dramatik die Hände in die Luft. »Ich bitte dich!«

Kaum sichtbar hinter ihrer eindrucksvollen Figur ruderte ein kleiner Mann mit roten Ohren und weißem Haar mit den Armen und versicherte: »Es wird ein wundervoller Abend, meine Teuerste! Denk nur: Sir Stephen am Pult. Und die Feodorowna als Freia!«

»Sir Stephen am Buffet wäre mir lieber, Alfred. Ich weiß wirklich nicht, weshalb du mir das antust. Außerdem hat Wagner bei den Proms nichts, aber auch gar nichts zu suchen!« Sie blieb stehen, bemerkte, dass sich ihr Kleid beim Aussteigen in der Wagentür verfangen hatte und – für Dritte nicht erkennbar – gerissen war, und wirkte unentschlossen, ob sie nun in Tränen ausbrechen oder in Ohnmacht fallen sollte. »Dieses Kleid hat meine Mutter bei ihrer Goldenen Hochzeit getragen. Und nun ist es für alle Zeiten ruiniert, Alfred. Da siehst du, wozu dein Wagner gut ist.«

Der ohnehin schon kleine Mann schien vollends in sich zusammenzusinken. Seine Schultern zeigten südwärts, die Ohren wurden blass. »Wenn du absolut nicht willst, mein Engel, dann will ich dich nicht weiter mit Wagner bedrängen.«

»Das *sagst* du nur, ich kenne dich.« Die weinerliche Stimme stand vielleicht nicht ganz im Einklang mit der lauernden Miene der Grande Dame, aber manche Männer wissen, wann es klug ist, nicht zu widersprechen. Alfred schien ein solches Exemplar zu sein. »Du glaubst mir nicht?«, sagte er und nahm die Eintrittskarten aus der Innentasche seines Fracks. »Ich will es dir zeigen!« Und er nahm die Karten zwischen die Hände und wollte sie schon vor ihren Augen zerreißen, da geschah etwas Unerhörtes: Mrs. Robington, die dem Streit – selbstverständlich ohne es zu wollen – gebannt gelauscht hatte, hörte sich schreien: »Halt!« Und mit diesem einen Wort flog ihre Hand in die Luft und gebot dem Manne Einhalt. »Wagner?«, fragte sie. »Mit Sir Stephen?«

»Gewiss, Madam«, erwiderte der Gentleman, die Karten noch immer zwischen den zum Äußersten bereiten Fingern.

»Tun Sie es nicht, Sir«, sagte Mrs. Robington, über ihre eigenen Worte erstaunt. Und sie fügte mit entschuldigendem Lächeln, den Kopf ein wenig gesenkt, hinzu: »Es wäre schade.«

In der Pose eines Helden überreichte der Herr die Karten der fremden Frau, die eigene dabei fest im Blick behaltend. Er sagte nichts weiter. Ein Gentleman leidet schweigend – selbst wenn in diesem Fall tausend Vorwürfe in seiner Geste lagen.

Man muss wissen, dass Mrs. Annetta Robington nicht nur Geographielehrerin in Great Missenden war, sondern seit vielen Jahren auch Leiterin des dort ansässigen St. Peter & St. Paul-Kirchenchors, der im Wesentlichen aus ihr und vier älteren Damen bestand, von denen eine Mezzo-Sopran sang, zwei Alt und eine etwas, das man am ehesten Ur-Alt hätte nennen können. Wagner stand im Chor von St. Peter & St. Paul naturgemäß eher selten auf dem Zettel, doch die Liebe zur Musik hatte in Mrs. Robington auch eine gewisse Neugier auf Unsingbares und Unspielbares geweckt, und so hatte sie sich über die Jahre in manche Oper dieses großen und abscheulichen Romantikers hineingearbeitet und begonnen, sogar ein gewisses Verständnis dafür zu entwickeln. Auf der anderen Seite darf man Sir Stephen mit einiger Berechtigung als Säulenheiligen von Mrs. Robington (und fast mehr noch von den anderen Mitgliedern ihres Chors) bezeichnen. Wenn am Ende der Proben bei einem Gläschen Port im Missing Mug das Gespräch gelegentlich auf ihn kam, schlugen fünf Herzen von zusammen vielleicht dreihundertsechzig Jahren Lebenserfahrung in sehr fragwürdigen und übrigens deutlich beschleunigten Takten.

Ihn nun leibhaftig zu sehen war mehr, als Mrs. Robington in ihren kühnsten Träumen zu hoffen gewagt hätte. Große Dirigenten und entsprechende Orchester kommen ja eher selten nach Great Missenden, umgekehrt lässt das Einkommen einer Lehrkraft auf dem Lande keine großen Sprünge zu, auch keine in den Zug, um mal eben einen Opernabend in der Hauptstadt zu verbringen. An jenem Abend also hatte man in der Albert Hall eine konzertante Aufführung des *Rheingolds* auf den Spielplan gesetzt (übrigens zu diesem Anlass in der Tat beinahe schon eine Provokation!), und während die drei Rheintöchter ihre makellos intonierten Dialoge vom Blatt sangen, tanzte der Taktstock des Maestro über seiner weißen Mähne. Mrs. Robingtons Nachbarin musste gelegentlich strenge Blicke zur Seite werfen ob des Seufzens, das immer wieder zu vernehmen war.

Die Solisten waren bravourös, das Orchester brillierte mit scheinbar fehlerloser und sehr leidenschaftlicher Präsentation. Man konnte geradezu vergessen, dass es nicht Elgar war, den man hörte, sondern tatsächlich der schreckliche Deutsche. Obwohl ihn Mrs. Robington mit Fortdauer der Oper immer weniger schrecklich als vielmehr überraschend witzig fand und auch die Musik gar nicht so sperrig, wie sie ihr bei anderer Gelegenheit immer erschienen war. Und so machte sie an jenem Abend endgültig ihren Frieden mit Wagner und wunderte sich schon gar nicht mehr, als sie entdeckte, dass die Zweite Geige mit einem Haubenpinguin besetzt war, der mit großer Emphase spielte und den Dirigenten nur gelegentlich tadelnd ansah, um sogleich den Einsatz oder die Betonung in angemessener Weise zu korrigieren.

Die Feodorowna hatte wegen einer plötzlichen Erkrankung absagen müssen, wie das Programmheft die Besucher aufklärte. An ihrer Stelle war eine junge Dame eingesprungen, deren Stimme Eisberge hätte bersten lassen, so klar und pointiert war sie.

Benommen vom Genuss der Darbietung (und vom Hunger), klatschte Mrs. Robington, bis ihre Handflächen glühten. Sir Stephen verbeugte sich mit einem Lächeln, das den ganzen Saal und auch Mrs. Robingtons Wangen zum Leuchten brachte. Die Solisten wurden bejubelt, die Blechbläser durften sich erheben, dann die Holzbläser, die Paukisten, auch die Violinisten natürlich (wobei der Zweite Geiger ein wenig verloren wirkte zwischen den zu groß geratenen Säugetieren, die ihn umgaben). Mehrmals gingen der Maestro und die Solisten ab, traten wieder auf die Bühne, verbeugten sich vor dem Publikum und voreinander, nahmen Blumensträuße entgegen und reichten sie weiter. Und dann, endlich, gab es die Zugabe, auf die der ganze Saal gewartet hatte, jene unwiderstehliche Mischung aus Eleganz und Würde, Witz und tiefem Verständnis für die britische Seele: Elgars *Pomp and Circumstance*.

Während sie versuchte, nicht den Atem anzuhalten, beobachtete Mrs. Robington den Haubenpinguin zur Rechten des Dirigenten, wie er in den elegischen Passagen dieses kurzen Werkes allen Tiefsinn, dessen ein Kiefermäuler fähig ist, in den Vortrag legte, und es schien ihr, als wären es gerade die heiteren Zwischensequenzen, die dem Seevogel besonderes Vergnügen bereiteten. Da beschloss die Lehrerin, ihr Glück zu versuchen und einem Verdacht, der sie beschlichen hatte, auf die Spur zu kommen.

✳

Den Violinisten zwischen all den befrackten Gentlemen, die nach Ende der Vorstellung aus der Königlichen Albert Hall strömten, zu entdecken, war gar nicht so leicht, zumal die Gattung der Haubenpinguine sich nicht durch übermäßige Körpergröße auszeichnet (von der Warte des *Homo sapiens* aus betrachtet; unter den Seevögeln gehören sie dagegen zu den größten). »Sir?«, rief Mrs. Robington, als sie seine orange-gelben Schippel zwischen einigen wohlbeleibten Herren hervorblitzen sah. »Sir?«

Würdevoll wandte sich der Vogel zu ihr um und entgegnete: »Sie meinen mich?«

»Ja. Verzeihen Sie, dass ich Sie anspreche ...«

»Was kann ich denn für Sie tun, Madam?«

»Nun, ich habe entdeckt, dass Sie ein ... Pinguin sind?«, begann die Lehrerin und lächelte entschuldigend, ohne so recht zu wissen, wie sie nun fortfahren sollte.

»Das freut mich«, sagte der Musiker. »Es kommt ja nicht eben häufig vor, dass das bemerkt wird.«

»Und es stört Sie nicht?«, wollte Mrs. Robington wissen.

»*Was* stört mich nicht, wenn ich fragen darf.

»Dass ... nun, dass ich Sie erkannt und angesprochen habe.«

»Es wäre ja vieles leichter auf der Welt, wenn die Menschen nicht immer nur sehen würden, was sie sehen wollen«, stellte der Musiker mit Bedauern fest. »Einerseits. Andererseits lebt es sich zweifellos unerkannt weitaus besser unter Ihresgleichen. Nun, jedenfalls bilden Sie in ihrer Gattung offensichtlich eine Ausnahme, Ma'am. Eine von wenigen zwar, aber vielleicht lässt das ja hoffen.« Das schien ihn auf eine Idee zu bringen. »Darf ich Sie einladen, noch eine Kleinigkeit mit mir essen zu gehen? Sie verstehen, *vor* einer Vorstellung empfiehlt es sich nicht, den Bauch allzu voll zu haben. Aber *danach* ist der Hunger umso größer.«

»Da sagen Sie was«, seufzte Mrs. Robington. »Ich bin eigentlich überhaupt nur hierher gekommen, weil ich dachte, dass es diesen Kiosk noch gibt, an dem man ganz köstliche Fish 'n' Chips essen kann. Aber der ist vermutlich schon seit Jahren nicht mehr … nun ja.«

Der Pinguin schulterte seinen Geigenkasten, den er unter dem Arm getragen hatte, und wies zum rückwärtigen Teil des Gebäudes. »Nur einen Flügelschlag von hier gibt es einen guten Italiener«, sagte er. »Fisch vom Feinsten.«

Dankbar für seine kleinen Schritte trippelte Mrs. Robington neben ihm her und genoss die aufkommende Kühle der Nacht. Ein leichter Wind strich durch die Straßen von Knightsbridge und die Laternen streuten ein freundliches Licht auf den Weg zu ihren Füßen.

»Und wie lange leben Sie schon in London?«, fragte Mrs. Robington neugierig.

»Meine Familie lebt hier in siebter Generation«, erklärte der Pinguin mit etwas pikiertem Unterton. Er blieb stehen, verbeugte sich knapp in Mrs. Robingtons Richtung und stellte sich vor: »Rufus Gladstone der zweite. Es ist mir ein Vergnügen.«

»Oh, das Vergnügen ist ganz auf meiner Seite!«, beeilte sich Mrs. Robington zu versichern. »Gladstone, wie aufregend. Es gab einen Premierminister, der so hieß.«

»Ein Vorfahr von mir. Er galt als der weiße Mensch der Familie.«

»Der weiße Mensch?«

»Das schwarze Schaf.«

»Oh.«

✻

4.

Mimikry

Nur unzureichend lässt sich mit dem vor allem in der Biologie gebräuchlichen Begriff der M. die vielfältige und äußerst variantenreiche Methode der optischen Anverwandlung an eine andere Art bezeichnen, wie sie insbesondere die Spheniscidae in Bezug auf menschliche Gesellschaften entwickelt haben. Obwohl weitaus sensibler gegenüber lebensfeindlichen Bedingungen als der Mensch, mussten sich die Spheniscidae in vielen Gegenden der Welt äußerlich angleichen, um überleben zu können. Der Umstand, dass ein so artfremdes Wesen wie der Mensch zum Futterkonkurrenten des Pinguins werden konnte, belegt das ökologische Ungleichgewicht, das durch die ungehinderte Fortpflanzung und Verbreitung des Menschen entstanden ist. In weiten Bereichen der Erde lassen sich Fisch und Meeresfrüchte nur noch in unmittelbarer Umgebung des Menschen finden, etwa in sog. »Restaurants« oder »Gaststätten«. Dies hatte zur Folge, dass insbesondere in der nördlichen Hemisphäre Pinguine nur noch in Symbiose mit dem Menschen leben. In komplexen Formen der M. geben sie sich dort als Mitglieder klassischer Orchester aus, als Geistliche, als Mitarbeiter der gehobenen Gastronomie oder als Herrenschneider. Selbst für das geübte Auge ist diese M. oft kaum erkennbar. Einige Exemplare haben es zu einer Meisterschaft gebracht, die ihnen den dauerhaften Verbleib in menschlicher Gesellschaft ermöglicht, ohne in Gefahr zoo-

logischer Versklavung oder kulinarischer Verarbeitung zu
geraten.

(Fjodor F. Rostowitsch, Pinguine – Ein Wegweiser von A-Z)

Das Lokal war in der Tat sehr klein. Es gab nur wenige
Tische, an denen dicht gedrängt die Gäste saßen. Als müssten sie sich gegen die arktische Kälte schützen, ging es Mrs.
Robington durch den Kopf – wenngleich das Publikum
dieses Restaurants natürlich nicht aus Pinguinen bestand,
sondern aus Menschen, die offensichtlich genussvoll den
Abend ausklingen ließen. Leise Opernmusik ertönte, Doni-
zetti, wie Mrs. Robington zu erkennen glaubte, aber da war
sie sich nicht sicher. Mr. Rufus Gladstone steuerte zielstre-
big einen kleinen Tisch im Hintergrund an, der erstaunli-
cherweise noch leer war, *Reserved,* wie sich herausstellte.
»Mein Stammplatz«, erklärte Mr. Gladstone und reichte
dem Ober seinen Geigenkasten, welchen jener überaus vorsichtig forttrug, um sogleich mit der Speisekarte wiederzu-
kommen. »Was können Sie heute empfehlen, mein Guter?«

»Der Kabeljau ist ganz ausgezeichnet, jeder hier liebt
ihn«, erklärte der Ober und wackelte vieldeutig mit den
Brauen. »Aber wenn Sie mich fragen, dann würde ich dringend zur Goldbrasse raten.« Er beugte sich ein wenig vor.
»Wir haben einen neuen Koch, der aus Neapel stammt.«
Als wäre damit alles gesagt, richtete er sich wieder auf und
wandte sich an Mrs. Robington: »Darf ich Ihnen ein Glas
Wein bringen? Vielleicht einen leichten Chablis? Er würde
wunderbar zu der Dorade passen, die ebenfalls sehr zu empfehlen ist.«

»Gerne. Vielen Dank.« Mrs. Robington musterte den Ober mit geschärftem Blick, gleichwohl etwas verunsichert. »Sie sind nicht zufällig ein … Ich meine …«

»Scusi, Signora?«

Der Frack, das blütenweiße Hemd, die wachen, dunklen Augen, überhaupt: die ganze Eleganz dieser Erscheinung. »Ich meine …«, sagte sie verlegen. »Sie sind nicht etwa ein … Pinguin?«

»Ein Pinguin?« Der Ober kicherte und verbeugte sich tief. »Nein, Signora, das bin ich nicht. Aus Venedig kommen keine Pinguine.« Und er überließ die Gäste dem Studium der Speisekarte, während eine zarte Remontant-Note Mrs. Robingtons Wangen überzog.

»Unsinn«, murmelte Mr. Gladstone.

»Pardon?«

»Dass aus Venedig keine Pinguine kämen.«

»Kennen Sie denn welche?«, fragte Mrs. Robington neugierig und beobachtete, wie die leuchtenden Federbüschel bei der Lektüre der Karte wackelten.

»Pinguine aus Venedig? Nein.«

»Nun, so kann es doch sein, dass es dort tatsächlich keine gibt.«

Mr. Gladstone blickte auf und erklärte, wie man einem Kleinkind die Relativitätstheorie erklärt, also mit einer Mischung aus Ungeduld und Nachsicht: »Jeder weiß, dass bereits im 17. Jahrhundert in Venedig das Speiseeis erfunden wurde.« Er zuckte mit den Schultern. »Nun, zumindest *denkt* das jeder. Das heißt: jeder *Mensch*. In Wahrheit wurde es bereits einige Generationen früher von einem meiner entfernten Verwandten auf der Insel Tristan da Cunha im südlichen Atlantik kreiert, damals natürlich mit attraktiveren Geschmacksnoten: Krill, Seehecht, Feuerländer Plankton, tasmanisches Krabbenfilet … Seefahrer hatten den Guten seiner Talente wegen an die Adria verschifft, wo er für den Dogen Eis mit absurden Zutaten bereiten musste – aber Sie wissen ja selbst, was auf den Speisekarten der Gelaterien heute so alles steht.«

»Die Goldbrasse?«, fragte der Ober, als er wieder an den Tisch trat.

»Als Eis würde ich sie nehmen. Gegrillt ist mir heute die Dorade lieber. Ich kann sie riechen, sie war gut gelagert.«

»Sie ist fangfrisch!«, protestierte der Ober.

Der Pinguin lächelte ihn etwas mitleidig an. »Was man hier eben so fangfrisch nennt.« Er wandte sich an Mrs. Robington. »Fangfrisch bekommen Sie an Land im Grunde nur Fische aus dem Aquarium.«

Mrs. Robington musste lachen. »Sie sind zu köstlich, Mr. Gladstone. Aus Ihrer Sicht haben Sie vollkommen recht! Sie müssten gelegentlich die Abteilung für Meerestiere im Zoo besuchen.«

»Den Zoo versuche ich zu meiden«, sagte Mr. Gladstone etwas zurückhaltend und gab sodann seine restliche Bestellung auf, die im wesentlichen aus einem großen Eiskübel mit Chablis bestand (wobei er bat, die Flasche wegzulassen).

✻

Verlassen wir die beiden für eine kleine Weile und gehen ein paar Schritte im nahe gelegenen Hyde Park spazieren, wo um diese Zeit die Laternen sich in den Teichen spiegeln, umschaukelt von einigen wenigen Booten, die noch übers Wasser mäandern. Ein sachter Wind ist aufgekommen und erfrischt die späten Flaneure, durchlüftet manchen Frack und streicht an mancher Hutkrempe entlang. Auch der gute alte Basil Snow genießt die Abkühlung und fächelt sich Luft unter die Flügel, während er mit seinem Päckchen den Weg nach Belgravia nimmt. Er hat die Kasse gemacht (es war nicht viel drin), das Schild in der Tür umgedreht (*Closed*) und seinen Laden abgesperrt, wie er das seit nunmehr vierunddreißig Jahren tut. Als er Ende der siebziger Jahre als erster Maat auf einem Frachter aus dem südlichen Chile nach England gekommen war, zuerst nach Brighton, wo er sich als Alleinunterhalter verdingte, dann nach London, hätte er nicht erwartet, ein solches für Pinguine wahrhaft biblisches Alter zu erreichen. Doch das Leben zwischen Büchern ist im Allgemeinen nicht sehr gefährlich und wenn man sich vor dem Straßenverkehr hütet, lässt es sich in der britischen Hauptstadt gut aushalten – zumal nur selten jemand auf den Gedanken verfällt, der etwas schrullige Buchhändler könnte womöglich gar nicht der sein, für den man ihn hält. Im Übrigen haben die Engländer die sehr sympathische Eigenschaft, all jenen mit respektvoller Distanz zu begegnen, die sich um ihre eigenen Angelegenheit mit der nötigen Ernsthaftigkeit kümmern – und seien es Pinguine.

Basil, von Freunden gerne auch Sir Basil genannt (obwohl er mitnichten geadelt worden war), hatte ein kleines

Geheimnis. Jeden Donnerstag nach Geschäftsschluss stellte er ein Bündel mit Büchern zusammen und eilte hinüber in das vornehme Viertel südlich des Hyde Park, um einer älteren Dame seine Aufwartung zu machen: Lady Charlotte Charrington, einer ebenso belesenen wie trinkfreudigen Witwe, die mit ihrem Butler (und Liebhaber) ein vielleicht etwas heruntergekommenes, aber doch sehr beeindruckendes Anwesen am Wilton Cres bewohnte. Sie amüsierte sich jedes Mal köstlich über ihren Scherz, »Sir Basil« möge doch seinen »Frack« ablegen, entschuldigte sich aber sogleich kichernd mit einem Glas vorzüglichsten Highland Single Malt und ließ sich dann auf ihr Fauteuil sinken, um einigen Seiten aus der von Basil Snow mitgebrachten Lektüre zu lauschen.

An dieser Stelle sollte nicht unerwähnt bleiben, dass Basil Snow – anders als die meisten seiner Artgenossen – über eine sehr sonore Stimme verfügte, die ihm sogar schon einmal eine Anfrage von der BBC eingebracht hatte. Man hatte ihn zu einer Neuerscheinung auf dem Buchmarkt interviewt, worauf der Programmchef kurz in Erwägung gezogen hatte, ihn als Experten in einer Kultursendung des Fernsehens hinzuzuziehen; aus unerfindlichen Gründen verlief diese Karriere nach dem ersten Casting jedoch im Sande.

Diese Art der Privatlesung wäre nun wahrlich ein banales Geheimnis, zumal es da nichts zu verheimlichen gab. Doch nach einigen vorgetragenen Seiten und einigen Gläsern gebrannten Korns, begann Lady Charlotte zumeist, sich in allgemeinen Betrachtungen über die Literatur und gelegentlich in konkreten Betrachtungen von Basil Snows Gefieder zu ergehen. Der alte Buchhändler verstand solcherlei Stimmungswandel als Zeichen, dass er sich entfernen dürfe. Was er dann auch tat – und zwar in Richtung Hinterzimmer.

Zu allen Zeiten gab es geheime Gesellschaften, die sich zum Zwecke der Erleuchtung der Welt zusammenfanden, und es gab sie in aller Herren Länder. Viele davon waren und sind in der Hauptstadt des Vereinigten Königreichs beheimatet, und es sind ihrer nicht wenige von exquisiter Würde und Seriosität, freilich manche auch von einer gewissen Ehrpusseligkeit. Nur ganz ausnahmsweise findet man jedoch eine Gesellschaft, die so verschwiegen und ihrer Leidenschaft so ganz und gar verschrieben ist wie jene, der Basil Snow nicht nur anzugehören, sondern gar vorzusitzen das Vergnügen hatte. Von einem Archivar des Marineministeriums vor vielen Jahren eingeladen, war Snow längst zum Großmeister der Gemeinschaft erhoben worden und galt selbst als eine Art wandelndes Lexikon. Was der Aufgabe sehr zugutekam. Denn es ging der Gesellschaft um nichts anderes als um die Pflege der größten Sammlung von Schrifttum über die Welt der Spheniscidae, die jemals auf dem Planeten zusammengetragen worden war. In einer bemerkenswerten Anzahl deckenhoher Regale aus indischem Teak standen an die siebzehntausend Bände der *Biblioteca Spheniscidae*, eine Welt von Wissen, oder besser: ein verborgener Kosmos nahezu verlorenen Wissens! Denn die meisten Bücher existierten nur noch in den hier vorhandenen Ausgaben. Wo immer ein Buchhändler, ein Biblio-

thekar, ein Auktionator, Sammler oder auch nur ein Liebhaber ein Werk entdeckte, das auf der legendären Liste der
Royal Penguin Society stand, sandte er es – ohne an Profit
oder auch nur Gegenleistung zu denken – an die geheime
Gesellschaft am Wilton Cres, auf dass es dort eine immer-
währende Heimat finden und der Wissenschaft zugeführt
würde.

Neben der Pflege der Bibliothek betrieb die geheime
Bruder- und Schwesternschaft auch die von Generationen
ersehnte Herausgabe der *Encyclopedia Penguinica*, jener
Sammlung natur- und geisteswissenschaftlichen Wissens,
die man mit Fug und Recht als das Atlantis unter den lexikalischen Werken bezeichnen kann. Auch wenn die Legende
besagt, dass dieses Werk vor Zeiten in keiner Bibliothek, die
auf sich hielt, gefehlt hat, verliefen doch alle Spuren der
letzten Bände (von vollständigen Editionen gar nicht erst
zu reden) immer wieder im Sande. Mancher Foliant, der
in Auktionen in Antwerpen oder St. Petersburg, in Genf
oder Edinburgh zum Aufruf kam, war als »*Teil der verschol-
lenen Lex. Pinguini (Deckel leicht berieben, Vorsatzbl. leicht
stockfleckig, Ill. S. 34 f. fehlen; sonst tadell. Zust.)*« oder dergleichen bezeichnet. Doch wo immer Basil Snow sein ro-
tes Lederköfferchen für den Transport kostbarer Ausgaben
aufgeklappt hatte: Er hatte den Schwindel durchblickt. Es
blieb bei einigen wenigen Bänden, die in einem gut ver-
schlossenen Fach der *Biblioteca Spheniscidae* verwahrt wurden, um nur sehr besonderen Gästen zu sehr besonderen
Zwecken (und auch dies nur für kurze Dauer und unter der
Aufsicht eines Bibliothekars) ausgehändigt zu werden.

Gewiss gibt es allerlei andere enzyklopädische Werke von Weltruhm, in denen man das Wissen der Welt nachlesen kann, die meisten davon sogar weitaus bekannter. Doch ist es eben immer nur die Sicht des Menschen, die darin zum Ausdruck kommt. Wer würde bestreiten, dass der amerikanische Kontinent im Jahre 1492 von einem Genueser namens Kolumbus im Auftrag der kastilischen Krone entdeckt wurde. Unter den Homo sapiens nur wenige, und die würden sich auf einen Wikinger berufen, mutmaßlich einen gewissen Leif Eriksson und seine Mannschaft, um die Entdeckung Amerikas einige Jahrhunderte früher bei Neufundland zu verorten, besonders Gebildete eventuell auch auf Bjarni Herjólfsson, der die Insel Grönland suchte und den Kontinent im Westen fand. Es ist dieser Gelehrtenstreit der Menschen, der unter *Spheniscidae* gern bemüht wird, um die Einfältigkeit und Unwissenschaftlichkeit menschlicher Forschung und Beschreibung zu demonstrieren. Denn tief im Süden weiß schließlich jedes noch so kleine Küken, dass Amerika (über den Namen sehen wir großmütig hinweg) zunächst einmal gar nicht entdeckt werden musste, sondern längst an all seinen Küsten besiedelt war, und zwar im Grunde seit dem Eozän, als sich die Kontinente aufzuspalten begannen. Spätestens mit dem Oligozän, das man vor etwa 34-23 Mio. Jahren ansetzt, verbreiteten sich die Vorfahren der modernen Pinguine über nahezu alle Erdteile. Aus heutiger Sicht mag es ein Fehler gewesen sein, dabei die mickrige Gegend, die später als Europa bezeichnet wurde, kaum zu beachten, betrachtet man indes die Veränderungen der kalten Meeresströmungen durch diese Kontinentaldriften und die damit einhergehende Verschiebung der wichtigsten Fischbestände, dann konnte es aus damaliger Sicht kein gutes Argument für eine Besiedelung der Erdmasse geben, die sich unablässig gen Norden bewegte und damit immer weiter weg von der lebensfreundlichen Gegend um den Südpol – doch wir schweifen ab.

Als zu wesentlich späterer Zeit der Mensch sich entschloss, dem Beispiel der Pinguine zu folgen und ein (zumindest nach seinen eigenen Maßstäben) kultiviertes Wesen zu werden, tat er dies mit weitaus weniger zivilisierten Mitteln. Doch auch dies sei konzediert: Er machte die bessere PR. Heute finden sich praktisch nur noch Werke menschlichen Ursprungs in den Bibliotheken der Welt, egal, wie hanebüchen ihr Inhalt ist. Und statt die »Entdeckung« Amerikas dem *Pachydyptes ponderosus* vor 32 888 342 Jahren zuzuschreiben, reklamiert der Mensch sie für einen seiner Artgenossen vor mickrigen fünfhundert Jahren.

Solcherlei wissenschaftlicher Nebelkerzenwerferei nun also das Handwerk zu legen, diente das langjährig und inbrünstig betriebene Projekt einer neuen *Encyclopedia Penguinica*. Man traf sich allwöchentlich und pflegte dabei strengste Geheimhaltung, denn dem Menschen ist bekanntlich nicht zu trauen, oder vielmehr: alles zuzutrauen.

An jenem Abend am Wilton Cres wurde im Kreise einiger würdiger Mitglieder der *Penguin Society of Science and Arts* über die Vermenschlichung der Literatur diskutiert: von Odysseus über Macbeth – speziell Lady Macbeth – bis hin zu James Bond, bei dem zumindest die äußere Gestalt noch an das literarische Vorbild aus den reichen

Schätzen tradierter Pinguin-Erzählungen zeugte. Entsprechend bedeutsam waren die Materialien, die Basil Snow in seinem roten Koffer bei sich trug (der selbstverständlich antik und übrigens das Vorbild der etwas schlicht geratenen Taschen der Schatzmeister Ihrer Majestät war): ein viele hundert Seiten langer Katalog großer Werke, in den die Mitglieder der geheimen Gesellschaft bei einem Glas Gletscherwasser ihre Schnäbel steckten.

✳

Zurück zu Mrs. Robington, die einen großartigen Abend erlebte, wenngleich manches ihr seltsam vorkam. Höchst erstaunt nahm sie zur Kenntnis, dass Sir Stephen (und übrigens vor ihm schon Sir Collin) zu den Zöglingen eines legendären Dirigenten zählte, dessen *Chor der Tausend* manchen Eisberg zum Schmelzen gebracht hatte. Viel wurde ja gerätselt und spintisiert über die Frage, warum und auf welche wundersame Weise sich Pinguine im Ewigen Eis zu großen Gruppen zusammenfinden und überaus komplex organisieren. Im Grunde war es, wie Mrs. Robington staunend zur Kenntnis nahm, nichts weiter als das System des Großen Pinguini (dessen kleiner Bruder später als sogenannter »Teufelsgeiger« große Karriere gemacht hatte – wenn auch nur bei den Menschen).

Diese und viele andere Dinge erfuhr Mrs. Robington, während sie der originell verschnörkelten Stimme ihres Gastgebers lauschte und dabei neben einer exquisiten Dorade ein paar Gläser Wein zwitscherte. Ein paar zu viel vielleicht. Als sie schließlich den nicht mehr ganz so sicheren, aber umso beschwingteren Fuß vor die Tür setzte, fühlte sie sich so erquickt wie seit ... ja, seit damals nicht mehr. Zimmer 17 fiel ihr wieder ein und alles, was darin für immer verborgen war. Nun ja, vielleicht nicht wirklich alles, zumal es ja nur um die Erinnerungen der Annetta Robington ging und diese zur späten Stunde vom Wein umrankt waren.

Mr. Gladstone hatte sich sehr formell verabschiedet, schon morgen würde er mit seinem Orchester und dem fabelhaften Sir George auf Tournee gehen, unter anderem nach Neuseeland, wo er einige entfernte Verwandte zu besuchen gedachte.

Und so war Mrs. Robington bereits wieder im Begriff, ins Hotel zurückzukehren, als sie sich nach wenigen Schritten dem bezaubernd illuminierten Albert Memorial gegenüber sah und spontan den Beschluss fasste, noch einen Augenblick auf den Stufen zu sitzen. Flamingos schimmerten durch das lichte Gebüsch, eine Eule schickte ihren Ruf in die Nacht (und erinnerte sehr an Gwen O'Buckley aus dem Kirchenchor), an einem Zaun trippelte schnaufend ein Igel entlang, und wenn es nicht bloß der launische Reflex einer spektakulären Schaufensterwerbung war, dann hätte Mrs. Robington schwören können, eine Korallenschlange sich im Ast einer alten Ulme winden zu sehen. Auf den gegenüberliegenden Stufen zupfte ein mäßig begabter Straßenmusiker auf seiner akustischen Gitarre *In my Life* von den Beatles und unsere Protagonistin konnte nicht umhin, die eine oder andere Träne zu spenden: »*And of all this friends and lovers, some are gone and some dead ...*« O ja, dachte Mrs. Robington: In my life I love them all.

Eine sachte Abendbrise trug die Melodie hinüber nach Osten, wo am Rande des Hyde Park ein alter, aber angenehm beschwingter Buchhändler gen Mayfair watschelte und das Lied aufnahm, denn auch er hatte so manche liebgewonnene Erinnerung, die dieser Song in ihm heraufbeschwor: an Freunde und Geliebte, an Orte und Ereignisse und, ja, sogar an Menschen. Denn wenn Basil Snow in den erstaunlich vielen Jahren seines Lebens eines gelernt hatte, dann war es, dass der *Homo sapiens* als Gattung zwar ein

großes Unglück für diesen wundervollen Planeten war, als Individuum aber oft ganz zauberhaft und mit den außergewöhnlichsten Talenten begabt. Ohne Zögern hätte der alte Herr zwei oder gar drei Exemplare benennen können, für die er größte Hochachtung empfand oder vielleicht sogar sehr viel Sympathie. In einem Fall war es eigentlich viel mehr als Sympathie gewesen. Basil seufzte. Auch er hatte bis heute keine Antwort auf die ewige Frage gefunden, von der er wusste, dass sie die Menschen ebenfalls umtrieb und ihnen das Leben schwermachte: jene Frage, warum immer alles so kompliziert sein musste.

Und während er das hübsche Liedchen der vier Liverpooler leise vor sich hin pfiff (von denen jedermann weiß, dass der Friseur ein Pinguin war, nur wenige aber, dass auch einer der vier einer war – unnötig zu erwähnen, welcher), verließ er den Park, trug seinen roten Koffer die steilen Treppen zu seiner Wohnung über dem Buchladen hoch und verstaute ihn dort, wo seit je alle wichtigen Dinge ihren Platz fanden: im Eisschrank.

✳

Tiefe Ruhe herrschte im Harriet's Inn, selbst der Empfang war nicht besetzt. Auch wenn eine ungebundene und moderne Frau wie Mrs. Annetta Robington selbstverständlich niemandem Rechenschaft abzulegen hatte, war es ihr doch ganz angenehm, dass sie den Weg zu ihrem Zimmer völlig unbeobachtet nehmen konnte – wenn man von ihrer Begleitung absah, aber auch die sollte ja ungesehen bleiben.

Der Zufall hatte es gewollt, dass der Gitarrist noch einige andere Lieblingslieder von Mrs. Robington in seinem Repertoire hatte. Und ein frisches Taschentuch. Das war spätestens nach *Mrs. Robinson* nötig gewesen, und der gute Mann war Gentleman genug gewesen, es ihr zu überlassen. Wie überhaupt alles an ihm, die Bibliothekarin aus Great Missenden würde wohl gesagt haben: vollendet war, aber das mochte einer gewissen Schwärmerei geschuldet sein. So unergründlich der Lauf der Welt gemeinhin ist, so schlicht sind mitunter die Wege des Herrn: Es gibt ein Wort das andere, es trifft Blick auf Blick, es folgt Kuss auf Kuss – und schon findet man sich wieder in Zimmer 17 im Harriet's Inn und stellt fest, dass der älteste und fadenscheinigste Betthimmel betörend schön ist, wenn man ihn nur in den Armen eines wundervollen Menschen liegend betrachtet.

An dieser Stelle breiten wir also ein floral gemustertes, ein wenig in die Jahre gekommenes Tuch über die Ereignisse jener Nacht und erlauben uns, es am Morgen des folgenden Tages wieder zu lüften.

*

Um nicht in die Verlegenheit zu kommen, dem jungen Mann ein Trinkgeld geben zu müssen (das sie nicht gehabt hätte, denn das Leben in London war für eine junge Bibliothekarin in Ausbildung kaum bezahlbar), war sie schnell ins Badezimmer gehuscht. Und da überkam sie plötzlich ein überwältigender Drang, die Schuhe nur einmal kurz abzustreifen und sich auf den Badewannenrand zu setzen. Die Füße einmal kurz ins Wasser zu tauchen. Einen winzigen Spritzer des exquisiten Badeschaums dazuzugeben, der so verlockend da stand. Und noch einen Spritzer ... Es war gar nicht Annies Absicht gewesen, ein Bad zu nehmen, sie hätte selbst nicht erklären können, wie sie dazu kam. In einem fremden Hotelzimmer. In der Gefahr, jeden Augenblick entdeckt zu werden. Das war sonst gar nicht ihre Art, überhaupt galt Annie zu Recht überall als grundsolide und womöglich sogar ein klein wenig langweilig. Vielleicht lag es an dem kleinen Fläschchen Johnnie Walker, das auf der Ablage unter dem Spiegel gestanden hatte und das sie sich zur Beruhigung genehmigt hatte (die sie sonst eigentlich nie Alkohol trank). Womöglich war es auch einfach die Madelaine d'Arbo in ihr, die sich plötzlich von sanften Wogen umspült und von feinsten Düften umwölkt wiederfand, und die ihr eigenes Gesicht sich spiegelnd im tropfenden Wasserhahn betrachtete. Doch nicht nur ihres. Durch die leicht geöffnete Badezimmertür beobachtete sie der junge Mann von vorhin, der Blumenbote. Es dauerte einen Moment, ehe sie sich gefangen hatte. Schließlich räusperte sie sich und sagte, so gelassen, wie es ihr möglich war: »Entweder Sie schließen die Tür und gehen, oder Sie kommen herein und seifen mir den Rücken ein.«

*

5.

Als Mrs. Annetta Robington den Speisesaal des Hotels betrat, fühlte sie sich, als müsste sich ihr ganzes Leben ändern. Konnte sie nach allem, was sie in den zurückliegenden Stunden erlebt hatte, überhaupt noch in ihr bisheriges Dasein zurückkehren? Was war nur mit ihr geschehen? Sie hatte sich verhalten, ach was: *benommen* wie ein Mädchen von zwanzig Jahren. Vor allem aber hatte sie Dinge erfahren, die mit ihrem Weltbild zusammenpassten wie Wagner mit Walzer.

Vor den hohen Fenstern präsentierte sich England in seiner ganzen Pracht: Es regnete in Strömen. Die Inuit kennen angeblich hundert Begriffe für Schnee – hat jemand einmal nachgezählt, wie viele Ausdrücke Briten für Regen haben? Zumal es erheblich mehr Formen von Regen gibt als von Schnee. Fand zumindest Mrs. Robington, die an diesem Morgen wild entschlossen war, ausnahmslos alles wundervoll zu finden. Selbst das Wetter.

Sie ließ sich einen kräftigen Assam bringen und pickte sich einige Köstlichkeiten vom Buffet, ein wenig Graved Lachs, Toast und gesalzene Butter, Beeren, ein Schälchen Porridge … Noch die aktuelle Ausgabe des *Independent*. Dann setzte sie sich ans Fenster und beobachtete ein Waschbärpärchen, das in den Ästen eines Maulbeerbaums im Garten turnte und sich gegenseitig fütterte. Das Blätterdach schützte die beiden notdürftig vor dem Regen.

Die Meldungen in der Zeitung waren der Rede kaum

wert: Krisen, Kriege, Korruption. Als hätte die Erde seit Caesars Zeiten keine Fortschritte gemacht. Eine kleine Notiz fiel Mrs. Robington ins Auge:

SENSATIONELLER FUND IN GREAT MISSENDEN

Bei Arbeiten in seinem Cottage nahe der Kirche St. Peter & St. Paul in der Kleinstadt am River Misbourne entdeckte Mr. Bullford Pendrick am Wochenende einen Stapel Briefe, der sich bei näherer Betrachtung als unschätzbares Erbe herausstellte. Das Bündel, das mit einem Seemannsknoten verschnürt war, bestand aus rund zwei Dutzend Schreiben des berühmten Polarforschers Sir Anthony Arlington. »Ich wusste nicht einmal, dass es den Mann überhaupt gegeben hat«, sagte Mr. Pendrick, Hausmeister an der örtlichen Schule. »Und

*nun bin ich da scheinbar auf eine Goldader gestoßen.« Als
eine Goldader könnte es sich in der Tat erweisen, nicht nur
weil die Schiffsmarken auf den Briefen als herausragende
philatelistische Kostbarkeiten gehandelt werden, sondern weil
es auf erste Sicht scheint, als müsste die Geschichte der Er-
kundung des südlichen Polarmeers neu geschrieben werden.
Als Interessenten werden nun sowohl das British Museum
als auch die British Library sowie mehrere nautische Institute
gehandelt. Mr. Pendrick hat einen Teil seines zu erwartenden
Gewinns aus dem Verkauf bereits investiert: in eine Feier mit
all seinen Freunden in seinem Lieblingspub »Lady Godive«.*

Konnte es wirklich sein? War es wirklich möglich, dass in
Great Missenden, wo niemals etwas passierte, ausgerechnet
in den zwei Tagen, in denen Mrs. Annetta Robington nicht
da war, etwas von solcher Tragweite geschehen war? War es
in der Tat denkbar, dass der unzivilisierteste Mensch, der in
dem ganzen Ort lebte, ach was: *je gelebt hatte*, ein solches
Kleinod entdeckte, dass ausgerechnet in seinem Haus Dokumente schlummerten, wie sie sich jede Bibliothek des
Landes nur hätte wünschen können – nicht zuletzt die Bibliothek von Great Missenden?

Empört klatschte Mrs. Robington den *Independent*
auf den Tisch und strafte ihren Lachs mit Nichtachtung. So
leichtfüßig dieser Tag begonnen hatte, so tief zog diese Wendung der Weltgeschichte einer Gewitterwolke gleich über
ihr Gemüt. Selbst der Assam konnte daran nichts ändern.

Eine Weile saß die Geographielehrerin vom Lande in
ihrem Winkel und schalt die Welt eine launische, unge-

rechte und törichte. Sir Anthony Arlington. Der Name kam ihr bekannt vor, obwohl sie hätte schwören können, dass der Mann alles andere als »berühmt« war. Und nachdem sie eine weitere Weile sinnend dagesessen hatte, fiel ihr auch wieder ein, wo ihr der Name schon einmal begegnet war: Sie hatte ihn in dem Buch gelesen, das ihr Basil Snow am Vorabend geliehen hatte. *Die Entdeckung des Menschen.*

Als sie keine fünf Minuten später wieder auf ihrem Zimmer war und nachschlug, hatte sie ihn auch prompt wieder gefunden: *Abenteurer, Glücksritter, Unbelehrbare – Menschliche Expeditionen ins Ewige Eis.* Ein besonders erstaunliches Kapitel, das die Geschichte der Entdeckungsreisen aus so gänzlich anderem Blickwinkel beschrieb, dass einen als Vertreterin der Gattung Mensch durchaus Selbstzweifel befallen konnten.

Spheniscidae der jüngeren Generationen kennen Menschen vielfach nur noch als jene halsbrecherischen Draufgänger, die sich ohne Not in höchste Gefahr begeben, indem sie sogenannte »Polarexpeditionen« durchführen, bei denen sie aber regelmäßig ums Leben kommen, oder zumindest beinahe. Es scheint dies einer der Zwecke solcher Unternehmungen zu sein. Anders lässt sich nicht erklären, weshalb sich erwachsene Exemplare des Homo sapiens in mangelhafter Kleidung und ohne die nötigen Fangtechniken erlernt zu haben, auf den Weg von den Küsten des Südpols in dessen innere Landmasse aufmachen. Auch an sprachlichen Kenntnissen fehlt es ihnen in der Regel. Weder die berühmten Polarreisenden Scott und Amundsen beherrschten nach übereinstimmender Aussage mehrerer Zeitzeugen auch nur ein Wort eines sphe-

niscidischen Dialekts, noch waren die weniger berühmten Forscher Benton-Green und Folsfjärk damit vertraut. Die Quellen lassen lediglich in einem Fall den Rückschluss auf fundierte Sprachkenntnisse zu: Anthony Arlington, 1867 (Great Missenden) – 1911 (vermutlich Cray-LeBlanc-Schelfeis), gilt als Inbegriff artübergreifenden Sprachgenies. Er soll 17 Pinguin-Dialekte nahezu perfekt beherrscht haben. Sein – leider verschollenes – Archiv wird auf über dreihundert Bände mit Aufzeichnungen über das Leben der Spheniscidae beziffert, von den umfangreichen Briefwechseln mit führenden Gelehrten (natürlich Pinguinen) seiner Zeit ganz abgesehen …

Wenn der Mann aus Great Missenden stammte, war es kein Wunder, dass seine Briefe dort aufgetaucht waren. Auch wenn es nun wirklich nicht ausgerechnet im Haus von Bullford Pendrick hätte sein müssen. Aber was Annetta Robington viel mehr bewegte, war die Möglichkeit, dass es sich bei diesen Briefen um einen Schriftwechsel mit Pinguinen handelte! Offenbar in englischer Sprache. Wenn aber diese Briefe einen Austausch mit Pinguinen enthielten, so enthielten sie auch etwas, was niemals und unter keinen Umständen an die Öffentlichkeit dringen durfte: die Enthüllung des Geheimnisses über das Leben der Pinguine. Sie hatte es noch genau im Ohr, wie der alte Buchhändler sie inständig bat, alles zu vergessen, was sie gesehen und gehört hatte. Zu groß war die Gefahr, dass die Menschen den friedlich in ihrer Mitte lebenden gefiederten Zeitgenossen das Dasein zur Hölle machten.

Den Blick in eine unbestimmte Ferne gerichtet, schaute Annetta Robington aus dem Fenster des Harriet's Inn. Sollte sie, konnte sie, durfte sie etwas unternehmen, um die Spheniscidae zu schützen? Was für eine Frage! Sie *musste* etwas unternehmen. Und Mrs. Annetta Robington wäre nicht Mrs. Annetta Robington gewesen, wenn sie nicht auch eine Idee gehabt hätte, *was* sie unternehmen würde.

Wozu war man in London! Sie würde alle Hebel in Bewegung setzen, um den Verlust der wertvollen Dokumente zu verhindern – und um Bullford Pendrick Mores zu lehren (was natürlich nur ein ganz unbedeutender, kleiner und völlig irrelevanter Nebeneffekt war). Und dazu würde sie zuallererst in die British Library gehen und mit dem dortigen Chefbibliothekar sprechen.

Sie entnahm dem schon etwas schiefen Hotelschreibtisch einen Briefbogen und schrieb – nicht ohne einen zarten Anflug von Stolz – auf dem edlen Briefpapier des Harriet's Inn ein paar Zeilen, um das Nötigste so weit zu regeln, da sie keinesfalls rechtzeitig zu Hause sein würde:

Mrs. Tilda Benson
4 Elmtree Green
HP 16 Great Missenden
Buckinghamshire

Liebste Tilda,

wichtige Geschäfte halten mich noch ein oder zwei Tage in der Hauptstadt auf. Ich bitte dich, heute Abend die Chorprobe an meiner Statt zu leiten. Wir waren mit den Motetten noch nicht ganz auf unserem Niveau (bitte vor allem auf die Einsätze achten!). Außerdem wünscht sich Pastor Williams, dass wir das Ave Maria wiederaufnehmen.

Wärmste Grüße

Annetta

Ein letztes Mal ließ sie den Blick durch Zimmer 17 schweifen, betrachtete die verblassenden Tapeten, die blank polierten Holzdielen (auf denen sie die Abdrücke einiger unbestrumpfter Füße zu erkennen glaubte, was ihren Puls sogleich beschleunigte), den geblümten Betthimmel, diesen wundervollen Betthimmel, und die Laken, die sie remontant behaucht etwas zurechtzuzupfen versucht hatte, was ihren zitternden Händen jedoch nicht sehr gut gelungen war. Es war ein Ort wie aus dem Märchenbuch. Sie glaubte Musik zu hören, wenn sie diesen Raum betrachtete.

Doch kaum hatte sie die Tür hinter sich geschlossen, die Handtasche fest unter dem Arm, und tief durchgeatmet, um aus der Traumwelt in die Schlacht zu ziehen, durchfuhr sie eine ungeheure Sorge. Was wenn »zu einem sehr geringen Preis« für den Concierge etwas ganz anderes bedeutete als für sie? Was wenn sie den Betrag für das Zimmer nicht aufbringen konnte? Zum Glück hatte sie wenigstens eine Rückfahrkarte nach Great Missenden. Und sie konnte sich ausweisen, sodass einem zivilisierten Procedere nichts im Wege stand, sollte sich herausstellen, dass sie nicht über das nötige Kleingeld verfügte. Dennoch wäre es eine ungeheure Schmach, von der nie, nie, niemals auch nur *irgend*jemand erfahren dürfte.

Seufzend fand sie sich also an der Rezeption ein und

klingelte ein wenig zaghaft nach dem Concierge, der mit aller Würde und Eleganz seines Amtes sogleich aus dem Hinterzimmer trat. »Guten Morgen, Madam«, sagte er und deutete eine Verbeugung an. »Ich hoffe, Sie hatten eine erquickende Nacht.«

»O ja, sehr erquickend, in der Tat, vielen Dank«, erwiderte Mrs. Annetta Robington und versuchte, kein Remontant zu zeigen.

»Und das Frühstück war nach Ihren Wünschen?«

»Das Frühstück, gewiss.« Hier konnte sie einen gewissen Unwillen, der sich freilich nicht auf das Buffet oder den vorzüglichen Tee bezog, sondern auf den Umstand, dass der unsägliche Bullford Pendrick es ihr verleidet hatte, nicht ganz verbergen.

»Ich fürchte, es hat Ihren Anforderungen nicht vollständig genügt«, bohrte der Concierge nach.

»Im Gegenteil«, beeilte sich Mrs. Robington zu versichern. »Ich bedaure nur, dass ich es wegen eines privaten Ärgernisses nicht hinreichend genießen konnte.«

»Oh, das tut mir leid.«

»Keine Sorge, ich habe den Aufenthalt sehr genossen.« Wie sehr, das konnte er hoffentlich nicht erkennen, es wäre ihr doch ein wenig peinlich gewesen. Wohlan, dachte sie, der Augenblick der Wahrheit: »Was bin ich Ihnen schuldig?«

»Schuldig?«

»Sie waren so freundlich, mir beim Preis sehr entgegenzukommen, hatten ihn aber nicht erwähnt. Ich hoffe deshalb …«

»Oh, das Zimmer! Das ist bereits bezahlt. Pardon, ich dachte, das wüssten Sie.«

»Bezahlt? Nein, das wusste ich nicht. Sind Sie sicher, dass kein Versehen vorliegt?«

»Aber nein, Madam, es war ja gerade vorhin erst. Zimmer 17. Nicht wahr?«

»Gewiss. Tja.« Er hatte das Zimmer bezahlt. Wie umsichtig und liebenswürdig von ihm. Hatte sie etwa erwähnt, dass sie in einer kleinen Verlegenheit monetärer Natur war? Vielleicht. Sie hatte zu viel geredet. Trunken vom Wein, von der Musik, von der Jugend dieser Nacht – und von seiner Stimme, von seinen Blicken und diesen sanften Händen, mit denen er nicht nur ganze Opern und Symphonien in die Luft zu zaubern begabt war ... Mrs. Robington, die die Hand schon am Portemonnaie hatte, seufzte und besann sich. »Wenn Sie erlauben, würde ich Ihnen gerne zumindest ein kleines Trinkgeld geben.«

So verbindlich das Lächeln des Concierges, so deutlich war die Geste seiner Flügelspitze. »Nicht nötig, Madam. Sie sind zu freundlich.«

»Aber es wäre mir wirklich ein Bedürfnis.«

»In dem Fall: Vielleicht mögen Sie ja einen kleinen Betrag zur Rettung des Klimas spenden.«

»Des Klimas?«

»Gegen die Erderwärmung.«

»O ja, sicher. Natürlich. Das werde ich gerne.«

Der Pinguin verbeugte sich noch einmal leicht, schenkte ihr sein vornehmstes Lächeln und sagte: »Es war uns ein Vergnügen, Sie beide bei uns als Gäste begrüßen zu dürfen.«

Mrs. Annetta Robington öffnete zwar den Mund, fand aber nicht die passenden Worte und nickte schließlich nur, während sie ihr Portemonnaie wieder wegsteckte und die Tasche verschloss.

»Und grüßen Sie Sir Stephen sehr herzlich.«

✳

6.

Literatur

Die menschliche Literatur räumt den Pinguinen seit je eine tragende Rolle ein, ja, sie mag als geradezu sinnbildlich für den uralten Menschheitstraum gelten, ein Pinguin zu sein. Die Psychoanalyse spricht hier von der Transidentia Spheniscidae oder auch von der Phantasierten Pinguin-Metamorphose. Das menschliche Schrifttum weist unzählige Stellen auf, in denen eine solche Projektion zum Schlüsselthema eines Werkes wird. Meist wurden Pinguine auf mehr oder weniger subtile Weise in Dramen, Romane und lyrische Werke einbezogen, häufig in sinnbildlicher oder symbolischer Weise, regelmäßig, wenn der Dichter die Bedeutung seiner Aussage unterstreichen wollte. Wer kennt sie nicht, die unwiderlegbare Aussage aus Goethes *Faust*, 1. Akt: »Denn was man schwarz auf weiß besitzt, kann man getrost nach Hause tragen.«

Der Pinguin steht hier für Verlässlichkeit und Dauerhaftigkeit. Es entspricht dies zweifellos dem Wesen unserer Gattung, wenngleich dem Dichter der Vorwurf zu machen ist, dass er die Worte keinem anderen als dem Teufel in den Mund gelegt hat. Dass jener Mephistopheles wiederum in zahllosen Inszenierungen des Dramas wie eine Karikatur eines Pinguins über die Bühne hüpft, wurde vielfach als Verhöhnung unserer Gattung betrachtet. Wenn wir aber diesen Mephistopheles als den Widersacher des Doktor Faust betrachten, so lässt sich schwerlich behaupten, dass dieser das Böse darstelle, während jener für das Gute stehe. Interessant ist in diesem Zusammenhang, dass Goethe am Vorabend, da er diese Szene schrieb, Besuch eines Gelehrten aus Rom hatte (was aus den Quellen offenbar getilgt wurde): Monsignore Piero del Ant'arctica. Es kann kein Zweifel daran bestehen, dass er zur Hauptinspiration für besagte Szene wurde. Der Goethe-Forschung bleibt es vorbehalten, die näheren Umstände und Inhalte jenes Besuchs zu ergründen.

In Stendhals *Rot und Schwarz* – nur wenige Jahre nach der letzten Fassung des *Faust* verfasst, geht es gar um die Verwandlung eines Menschen in einen Pinguin. Dieser ewige Menschheitstraum wird hier nur notdürftig hinter dem schwarzen Stoff eines Pfaffengewands verborgen. Ähnlich wie in Goethes *Faust* jedoch werden auch in diesem Werk fragwürdige charakterliche Zuschreibungen an die Vertreter unserer Gattung getätigt. Stendhal hatte ausweislich aller seiner Biographen in seinem ganzen Leben nie einen Pinguin gesehen. Das mag sein persönliches Versagen entschuldigen, auf die Gattung Mensch jedoch wirft es ein bezeichnendes Licht.

Ausgerechnet in der jüngeren (und sehr populären) Literatur widerfährt den Pinguinen eine Art Rehabilitation, indem ein weitgereister und (für einen Menschen) überaus weltläufiger Autor namens Ian Fleming einen Pinguin zum Helden einer Romanreihe macht, die von der Leserschaft geliebt, aber völlig missverstanden wird. Charmant verpackt Fleming seinen Helden in ein perfekt gepflegtes Gefieder, kleidet ihn mit Eleganz und Kultiviertheit, lediglich in seinen Umgangsformen gegenüber den Weibchen konnte der Autor nicht aus seiner Menschenhaut. Immerhin nimmt sich sein Held der unförmigen und ungefiederten weiblichen Exemplare seiner Gattung an. Ein Tribut an die Benachteiligten dieser Welt, vielleicht sogar ein Akt der Hellsichtigkeit in einer ansonsten sehr patriarchalen Erzählstruktur.

Pinguine in der Literatur stehen für das Außergewöhnliche und Unerwartete. Sie haben (entsprechend den realen Gegebenheiten) häufig übermenschliche Fähigkeiten, wie im Falle von Mephistopheles oder James Bond, oder gar einen übernatürlichen Bezug, wie etwa in Stendhals Roman, der das Motiv der Gottesnähe in den Wunsch, ein hochrangiger Kirchenvertreter zu werden, verpackt. In jedem Fall steht der Pinguin in der Literatur für eine Sehnsucht, die uns die Gattung Mensch trotz all ihrer unübersehbaren Mängel auch ein wenig sympathisch macht. Denn offensichtlich gibt es in diesen weltfremden, egozentrischen und äußerst aggressiven Wesen doch eine Anlage zur Empathie und die Möglichkeit, Sehnsucht zu empfinden, um noch einmal Goethe zu zitieren: nach dem »Wahren, Schönen und Guten«.

(Fjodor F. Rostowitsch, Pinguine – Ein Wegweiser von A–Z)

Die British Library ist in vielerlei Hinsicht eine außergewöhnliche Einrichtung. Mrs. Robington erinnerte sich noch gut und übrigens sehr gerne daran, wie sie als Kind ihren Vater gelegentlich nach London begleiten und neben ihm im Lesesaal des erstaunlichen, von zahllosen Türmen und Türmchen gekrönten Baus sitzen durfte, bis er seine Arbeiten erledigt hatte. Eigentlich war es seinerzeit noch das Gebäude der British Museum Library gewesen, das heute umstellt ist von einem der scheußlichsten und größten Bauten des ganzen Landes. Man hatte keine Kosten und Mühen gescheut, um das Märchenschloss der Bildung von einst in die Zwangsjacke moderner Architektur zu stecken, so riesig, dass eine Lehrerin aus der Provinz Schwierigkeiten hatte, überhaupt den Eingang zu finden. Es kostete Mrs. Robington einige Überwindung, den Komplex zu betreten. Umso weniger Überwindung erforderte es, diese Institution höchsten Wissens wieder zu verlassen – denn es war auch ein Hort niedersten Umgangs. Nachdem man die Lady aus Buckinghamshire mehr als eine Stunde lang hatte warten lassen, durfte sie ihr Anliegen einem jungen Mann vortragen, dessen Qualifikation offenbar vor allem in einem völlig akzentfreien Englisch und einem äußerst geschmackfreien Jackett bestand. »Und bei diesem …«

»Sir Anthony Arlington.«

»Soso. Und bei ihm handelt es sich also um einen …«

»Polarforscher.«

Offenbar nahm die Aufmerksamkeit der wissenschaftlichen Mitarbeiter mit ihrer zunehmenden Bedeutung im Bibliotheksbetrieb ab – und dieser junge Mann, der sich nicht die Mühe gegeben hatte, sich namentlich vorzustellen, war allem Anschein nach sehr bedeutsam.

»Sie sagen, Sie haben Briefe aus seinem Nachlass gefunden.«

»Bullford Pendrick hat die Briefe gefunden.« Leider. »In Great Missenden.«

»Aha. Interessant. Handelt es sich denn um private Briefe oder um professionelle Korrespondenz?«

»Das«, so erklärte Mrs. Annetta Robington mit aller ihr zu Gebote stehenden Autorität, »das wird die Exegese dieser Schriftstücke zu zeigen haben.«

»Die Exegese. Soso.«

»Ja, das wird sie.«

»Sehr gut, Mrs. Pendrick …«

»Mrs. Robington!«

»Ah ja? Nun, sehr gut. Und Sie sind …«

Das war der Augenblick, den sie erhofft hatte: sich erklären zu können und kraft ihrer Autorität als Bibliothekarin der Gemeindebibliothek Great Missenden so nachdrücklich zu wirken, dass sie sicher sein konnte, der junge Mann würde keinen Pfifferling auf ihre Expertise geben. »Ich«, sagte sie und machte mit Bedacht eine etwas zu lange Pause. »Ich bin Lehrerin für Geographie an der Schule von Great Missenden sowie …« Erneute Pause, bedeutsamer Blick. »Samstagsbibliothekarin der Gemeindebibliothek und Leiterin des Chores von St. Peter & St. Paul. Seit dreizehn Jahren.«

Sein tiefes Einatmen sagte alles. Er hatte angebissen. Oder vielmehr: Der Fall war für ihn erledigt. »Vielen Dank«, sagt er, seine Geringschätzung kaum noch kaschierend. »Wir werden uns dann bei Ihnen melden.«

Der Mitarbeiter – Mrs. Robington wäre niemals auf den absurden Gedanken verfallen, ihn einen Bibliothekar zu nennen, denn sie kannte Bibliothekare, *wahre* Bibliothekare, und sie wusste, wenn sie jemanden vor sich hatte, der *keiner* war – verabschiedete sich so unvermittelt, dass sie nicht einmal dazu kam, Protest anzumelden. Der Mann hatte sich kaum ihren Namen gemerkt. Ob er sich den Ort des Fundes gemerkt hatte, war mehr als fraglich. Nach einer Kontaktadresse hatte er gar nicht erst gefragt. Natürlich war er damit Mrs. Robingtons Berechnungen etwa mit der gleichen Präzision gefolgt wie die Erde ihrer Umlaufbahn um die Sonne. Und das war gut so. Denn sollte es tatsächlich jemals Interesse am Erwerb der Briefe gegeben haben, so konnte sie jetzt sicher sein: Man hatte keines mehr.

»Mrs. *Pendrick*«, murmelte Mrs. Robington halb empört, halb belustigt, als sie das Bauwerk des Ungeistes wieder verließ. »Mrs. Pendrick …«

»Schwester Emily«, sagte eine Nonne, in die sie beinahe hineingelaufen wäre.

»Bitte?«

»Sie hatten mich wohl verwechselt.« Ein seltsam vertrautes Lächeln und ein sehr verständnisvoller Ton ließen Mrs. Robington aufhorchen. »Aber ich bin nicht Mrs. Pendrick.«

»Oh. Nein. Natürlich nicht, Schwester. Verzeihung.«

»Kein Problem. Wer ist schon der, als der er scheint, nicht wahr?«

»In der Tat.« Verwirrt betrachtete Mrs. Robington die Tracht, die sie an das Gefieder eines Atlaspinguins erinnerte, so schwarz und rein und glänzend wie frisch gewaschen. »Schwester Emily?«

»Sie sehen etwas angegriffen aus, meine Gute. Kann ich Ihnen irgendwie helfen?«

»Ach, vielen Dank, Schwester, aber ich fürchte, ich habe mich nur etwas zu sehr mit einem wissenschaftlichen Phänomen auseinandergesetzt.«

»Ja, die Wissenschaft«, seufzte die Nonne und nickte verständnisvoll. »Viele Fragen werden da aufgeworfen und allzu wenige Antworten gefunden. Letztlich ist das Wissen von heute doch nur das Unwissen von morgen, nicht wahr? Dabei liegt das Glück doch in Wahrheit in den kleinen Dingen«, erklärte sie. »Und in einer guten Tasse Tee. Mögen Sie mich vielleicht begleiten?«

Mrs. Robington hatte eine eigenartige Schwäche für alles, was mit religiösen Dingen zu tun hatte: den Kirchenchor, Pastor Williams, Bachs Kantaten … scheinbar auch für die frommen Frauen aus dem Orden der Barmherzigen Schwestern. Jedenfalls fand sich die Lehrerin aus Great

Missenden schon wenige Minuten später umringt von fröhlich schnatternden Nonnen, die eifrig Tee nachschenkten und sich für buchstäblich alles interessierten, was sie auch nur zu erwähnen *andeutete*. Welch ein Unterschied zum wissenschaftlichen Personal der British Library! Mrs. Robington erzählte von St. Peter & St. Paul, von den entzückenden Cottages entlang der Church Street, von der Chor-Runde im Missing Mug, von Pastor Williams und seinen Rückenproblemen (»Es ist die Kälte, meine Liebe, die Kälte, Sie sollten ihm den Rücken mit Walfett einreiben. Oder Sie erhitzen einfach ein paar Stachelnüsschen von den Prinz-Edward-Inseln und …«). Die Schwestern schienen überaus geschmeichelt von ihrem Besuch und wollten sie kaum wieder gehen lassen. Doch schließlich schlug die Glocke zum Gebet und Mrs. Robington konnte ihre zahlreichen neuen Freundinnen verlassen – nicht ohne sie sehr herzlich zum Gottesdienst nach Great Missenden eingeladen zu haben.

Und während sie lächelnd über den Russell Square spazierte, um noch einmal den Weg zum British Museum zu suchen, in der Hoffnung, man möge ihrem Anliegen dort keinesfalls mehr Interesse entgegenbringen als in der größten Bibliothek des Vereinigten Königreichs, stellte sie sich vor, wie voll die Kirche in ihrem kleinen Heimatort sein würde, wenn der ganze Orden (der sicher seine besten Tage auch weit hinter sich gelassen hatte) zu Besuch käme. All die schmucken uniformierten Ladies mit ihrer tadellosen Haltung, ihrer Würde und ihrem Eifer … Wie würde Pastor Williams schauen!

Beschwingt hüpfte sie die Stufen hinauf, schritt unter den mächtigen Säulen hindurch und stellte sich am Empfang vor, wobei sie ihre akademischen Würden nur ein klein wenig zu sehr hervorhob und mit ihren Forschungsgebieten auch nur ein bisschen übertrieb. Nun, immerhin reichte es für einen veritablen Abteilungsleiter, der auch nur zwei Tassen Kaffee brauchte, während er ihrem Vortrag lauschte und höchstens achtmal seine Mails auf dem Handy checkte. Schließlich faltete Mrs. Robington die Hände auf dem Tisch und sah ihn neugierig an. »Was meinen Sie, Sir, wäre das nicht *die* Gelegenheit für das British Museum, eine der womöglich bedeutendsten Entdeckungen der letzten Jahre für die Nation zu sichern?«

»Womöglich«, nuschelte der Abteilungsleiter und putzte ausgiebig seine Brille.

»Bitte?«

»Sie sagen es ja: *womöglich* bedeutendsten Entdeckungen.«

»Ganz sicher ist sie das!«, erklärte Mrs. Robington im Brustton der Überzeugung (die sie nicht zwingend hatte).

»Sie wissen, dass unsere Mittel begrenzt sind, Ma'am«, erklärte der Mann mit wohldosierten Sorgenfalten auf der Stirn. »In welchen Dimensionen bewegt sich denn der von Ihrem … Bekannten erhoffte Kaufpreis.«

Dies war eine durchaus heikle Frage, denn Mrs. Annetta Robington hatte ziemlich exakt keine Ahnung, was man auf dem Markt für Briefe dieser Kategorie zu zahlen bereit war. »Nun, zwischen zweihundert- und vierhunderttausend Pfund denke ich, sollten es schon werden«, übte sie sich in freier Phantasie. Und hatte offenbar perfekt gezielt! Denn der Abteilungsleiter des British Museum warf sich lachend auf seinem Stuhl zurück und winkte ab. »Ich fürchte, da müssen wir gleich passen«, sagte er. »Für den Preis bekämen wir ein verschollenes Originalmanuskript von Darwin, Ma'am. Wenn es eines gäbe. Aber Sir Anthony Arlington? Ich fürchte, wenn Sie das erzielen wollen, dann müssten Sie schon einen ganz außerordentlichen Liebhaber finden, der über viel zu viel Geld und, wenn Sie mir diese Bemerkung erlauben, viel zu wenig Verstand verfügt.«

Unter anderen Umständen hätte Mrs. Annetta Robington eine solche Bemerkung sich gewiss nachdrücklich verbeten. Aber angesichts der Umstände – und vor allem angesichts ihres Plans, Bullford Pendricks Verkauf der Briefe zu vereiteln – frohlockte es innerlich in ihr. Und für den Fall, dass es noch eines Sargnagels bedurfte, um Bullfords Weggabe der Dokumente zu vereiteln, packte sie Teil zwei ihres Vorschlags auf den Tisch: »Man könnte die Briefe in Great Missenden belassen!«

Irritiert blinzelte ihr Gesprächspartner sie aus kleinen Augen an. »Sie meinen, wir kaufen sie für einen absurden Betrag. Und dann bleiben sie in dem Kaff, wo sie gefunden wurden? Wozu?«

»Um sie für die Nation zu sichern«, wiederholte Mrs. Robington, als wäre damit alles vollkommen klar.

»Und weshalb sollten wir sie sichern, indem wir darauf verzichten?« Der Abteilungsleiter setzte die Brille wieder auf und vermochte es, mit frisch geputzten Gläsern mitten durch seine Gesprächspartnerin hindurchzusehen. Immerhin, er hatte den Sinn von Mrs. Robingtons Vorschlag erfasst! Das ließ zumindest hoffen.

»Weil es einem zeitgemäßen Wissenschaftsmanagement entspricht, seine Schätze dezentral zu präsentieren und Funde nicht aus dem Kontext zu reißen, sondern sie ...«

»Demnach müssten wir die Briefe am Südpol erschließen und ausstellen«, fiel ihr der Museumsmitarbeiter ins Wort. Dann holte er tief Luft und richtete tatsächlich den Blick auf die Besucherin aus der Provinz. »Das British Museum ist nicht dadurch eine der größten wissenschaftlichen Institutionen der Welt geworden, weil wir alles dort lassen, wo es herkommt. Wir sind auch nicht dezentral organisiert, sondern stolz darauf, das Wissen und die größten Schätze der Welt in unseren Hallen und Archiven zu beherbergen. Sie kommen nicht zu uns, damit wir Ihnen erzählen dass sie sich unsere Mumien bitte in Gizeh oder Memphis ansehen sollen oder die Wikingerartefakte in Oslo oder Reykjavík.«

Womit er zweifellos recht hatte, wie Mrs. Robington gestehen musste. Sie nickte schicksalsergeben. »Ich verstehe«, sagte sie. »Und Sie haben auch ganz richtig gesagt, dass es wahrscheinlich gar nichts wirklich Wertvolles ist.« Sie lächelte ein bisschen verlogen. »Altpapier, sozusagen. Dafür darf man keine Steuergelder ausgeben, nicht wahr? Also ich danke Ihnen, dass Sie ...«

»Keine Ursache, Madam«, stellte der Abteilungsleiter fest, und es war offensichtlich, dass er das Gegenteil meinte. »Ich wünsche Ihnen einen schönen Tag.«

Und schon war die Besucherin aus Great Missenden

aus der Tür. Für Bullford Pendrick aber war eine weitere Tür geschlossen worden, bei der er hoffen konnte, dass sie sich großzügig für seinen Fund öffnete. Es folgten die London Library und der National Trust.

Das London Maritime Museum? Sie schenkte es sich. Wenn die großen Bibliotheken, der Staatsfonds der wichtigsten Kulturschätze und das British Museum kein Interesse an den Briefen hatten, dann würde erst recht keine andere Institution bereit sein, dafür nennenswerte Beträge auszugeben. Triumph hob Annetta Robingtons Brust – ein wenig Schmach lag ihr aber doch im Magen. Denn den Verkauf zu hintertreiben mochte im Sinne eines höheren Zieles richtig sein, für Bullford Pendrick bedeutete es einen großen Verlust, und Annetta Robington wusste nicht, ob sie hier nicht auch ein wenig von Rache motiviert war. Etwas, das sie nicht wollte. Denn Rache war ein niederer Beweggrund, und sie hatte sich geschworen, niemals so tief sinken zu wollen. Auch nicht nach allem, was Bullford Pendrick ihr angetan hatte. Gerade danach nicht.

*

Man kann ein etwas altmodisches Hotelzimmer in einem kleinen Hotel in einer abgelegenen Straße von Knightsbridge aus guten Gründen für den Inbegriff der Langeweile halten. Man kann im Angesicht eines tropfenden Wasserhahns an die Notwendigkeit der Reparatur denken, beim Anblick der Plüschpolster an die Wohnung der eigenen Großmutter und unter dem leicht angegrauten Betthimmel an den langsamen Nie-

dergang der klassischen englischen Hotellerie. Und unter anderen Umständen hätte Annie Robington vermutlich genau das getan. Doch es gibt Tage, an denen alles anders ist, ja, man selbst ist anders. Die Welt dreht sich schneller, die Sonne leuchtet heller, jeder Augenblick verspricht das Ungeheuerliche, Außergewöhnliche, Aufregende, und man lässt sich treiben durch ein Leben, wie es sein könnte, ohne zu denken, wohin es einen führt. Man kann solche Tage allein erleben. Man kann aber auch einem gutaussehenden, jungen Blumenboten begegnen, der sich im zweiten Moment als weitaus weniger schüchtern erweist, als zunächst gedacht. Und im dritten als ebenso stürmischer wie zärtlicher, ebenso leidenschaftlicher wie neugieriger Liebhaber. Dazu muss man vermutlich nicht mit einem international bekannten Filmstar verwechselt werden. Man muss kein Konvolut von Dokumenten mit sich führen, das ein unbeteiligter Dritter für ein Textbuch halten könnte. Man muss auch nicht durch eine Laune des Zufalls ein Muttermal an einer Stelle haben, an dem besagte Schauspielerin eines trägt (ob nun ein echtes oder nur ein hingetuschtes). Aber alles das und ein Gläschen Whisky, ein ungewöhnlich heißer Tag und die Gewissheit, dass es Augenblicke gibt, die man einfach festhalten muss, weil es sonst womöglich nie, nie, niemals wieder einen vergleichbaren geben könnte, wirken auf solcherlei Fügungen des Schicksals enorm beflügelnd.

Annie Robington jedenfalls hatte niemals zuvor einen so aufregenden Abend und eine so heißblütig durchwachte Nacht erlebt. Als sie am Morgen – die Sonne stand schon über den Dächern – unter besagtem Betthimmel erwachte (dessen

florales Dekor ihr wie der reinste Paradiesgarten erschien),
lagen so berauschende Stunden hinter ihr, dass der Schlag
der nahen Kirchturmuhr ihr wie die Totenglocke für ihren
süßesten Traum erscheinen musste. Erschrocken fuhr sie auf
und blickte neben sich. Doch der junge Mann, den sie im Eifer des erotischen Gefechts nicht einmal nach seinem Namen
gefragt hatte, lag nicht neben ihr. Stattdessen hörte sie aus
dem Badezimmer die Dusche. Trotz der Wärme, ja Schwüle,
die im Zimmer herrschte, fröstelte Annie bei dem Gedanken,
in welch verfänglicher Situation sie sich hier befand. Eilig
schlüpft sie in ihre Kleider, in die Schuhe und huschte vor den
Spiegel über dem Schreibtischchen, um ihr Haar notdürftig

in Ordnung zu bringen. Eine ihrer Haarklammern hatte die Nacht wie durch ein Wunder in ihren dichten Locken überstanden. Sie nahm sie heraus, um sie neu anzubringen. Dabei fiel ihr die Klammer zu Boden und verschwand irgendwo unter dem Schreibtisch. Annie zog den Papierkorb hervor und kniete sich nieder, um auf dem Boden zu suchen. In dem Moment bemerkte sie, wie ein Schlüssel sich im Türschloss bewegte. Starr vor Schreck hielt sie inne und blickte zur Tür. Die große D'Arbo stand dort, leicht derangiert, mit verwundertem Gesichtsausdruck und einem Zobel um den Hals, der so gar nicht zu den Temperaturen passte. »Ach«, sagte sie. »Sie sind noch nicht fertig mit dem Zimmer?« Ein Blick Richtung Bad. »Und mein Mann duscht, während Sie hier saubermachen? Also, ich weiß nicht. Sagen Sie ihm, ich sei schon wach und warte unten beim Frühstück auf ihn.« Mit diesen Worten drehte sich die große Actrice um und verschwand, noch ehe Annie etwas erwidern konnte.

Und so kam es, dass die angehende Bibliothekarin Annie Robington an ein und demselben Tag zuerst für eine berühmte Schauspielerin und dann für ein Zimmermädchen gehalten wurde. Nun, fast an ein und demselben Tag.

※

7.

Der 15.12-Uhr-Zug von Marylebone hatte Verspätung. Natürlich. Nur ein paar Minuten immerhin. Gerade lang genug, um sich noch die aktuelle Ausgabe des *Independent* zu kaufen, in der allerdings nichts weiter über den sensationellen Fund im »Cottage« von Bullford Pendrick zu lesen war. Aus irgendeinem Grund verspürte Mrs. Robington eine gewisse Enttäuschung, obwohl es doch eine gute Nachricht war, dass es eben keine neuen Nachrichten gab. Ja, sie merkte, wie es an ihrem Herzen kratzte, dass sich scheinbar niemand für das Thema interessierte. Immerhin war damit dem rücksichtslosen Verkauf der Briefe Tür und Tor geöffnet.

Unschlüssig stand Mrs. Robington vor dem Bahnhof, der ihr seit der Kindheit so vertraut war. Marylebone Station war ein Juwel viktorianischer Architektur mit seinen Giebeln und Türmchen, ein wenig wie die alte British Museum Library, nur freilich wesentlich kleiner. Ein Schmuckstück, geradezu nostalgisch in einer Zeit der großschreierischen Brachialarchitektur. Zumindest soweit es die Fassade betraf. Trat man ein, so bewunderte man zweifellos die filigrane Stahlträgerkonstruktion des Glasdachs, dann jedoch fiel der Blick unweigerlich auf die plumpen Züge und die einigermaßen lächerlichen Laternen vor dem Panorama eines geradezu schockierend stillosen Stadtteils, der hier vor wenigen Jahrzehnten entstanden war ... Kopfschüttelnd nahm Mrs. Robington all dies wahr, während sie die

Zeitung umständlich faltete und in ihre Tasche steckte und sich umsah, ob der Zug bereits am Bahnsteig stünde. Er tat es – nicht mehr. Gerade als sie ihn entdeckte, setzte er sich in Bewegung und rollte wie zur Strafe für ihre unausgesprochenen Nörgeleien in Schrittgeschwindigkeit aus dem Bahnhof Richtung Aylesbury und damit auch in Richtung Great Missenden. Geschieht mir recht, dachte Mrs. Robington und beschloss, noch einmal auf den Bahnhofsvorplatz hinauszutreten, wo es auf eine fröhliche Weise lebhaft zuging.

Gegenüber dem Bahnhof lag ein Hotel, das Mrs. Robington noch nie wahrgenommen hatte. Es war offensichtlich ein feineres Haus, denn ein graulivrierter Wagenmeister repräsentierte es elegant und verbeugte sich mit Griff an den Zylinder, als unsere Protagonistin an ihm vorüberschritt, um ihre letzten drei Pfund in eine Tasse guten Tees zu investieren.

Die Karte war in der Tat eindrucksvoll. Sie entschied sich für ein Kenianisches Gewächs und wurde mit einem Tee belohnt, der duftete, als hätte man sie inmitten einer Plantage versetzt. Durch das Fenster konnte die Lehrerin aus Great Missenden auf den Bahnhofsplatz hinausblicken. Und schon bald ertappte sie sich dabei, wie sie Ausschau nach befrackten Damen und Herren hielt, nach verdächtigen Schnippeln und verräterischen Flügelspitzen, nach schwarzglänzenden, klugen Augen und fröhlich-roten Nasen. Doch in all dem Gewimmel, unter all den Ankommenden und Fortstrebenden, zwischen all den Eiligen und Wichtigen, den Jungen und Alten entdeckte sie nicht einen

Pinguin. Wohl glaubte sie einen alten Bären im Schatten eines Gepäckwagens zu erkennen. Auch ein Straußenpärchen huschte unter den steinernen Bögen des Bahnhofseingangs hindurch. Ein Schimpanse saß gelangweilt hinter der Theke des Kiosks. Doch kein Pinguin. Nirgends.

Das alberne Lachen einer jungen Frau mit sehr unnatürlich verteilten Körperproportionen, die am Arm eines deutlich älteren Mannes (mit umso natürlicher verteilten Proportionen) vorbeistöckelte, ließ sie aus ihrem kurzzeitigen Nickerchen aufschrecken. Nachdem sie sich vergewissert hatte, dass noch genügend Zeit war, nahm sie ihre neueste Bucherwerbung aus der Tasche. Mrs. Robington hatte den kleinen Umweg zwischen British Museum und der Marylebone Station nicht gescheut und war noch einmal zu dem Buchhändler in Mayfair gegangen. Es hatte dort ein Buch gegeben, das ihr gerade jetzt besonders nützlich erschien. Er hatte es ihr für einen Spottpreis überlassen. Und dieses Buch erwies sich in der Tat als eine Art Schatztruhe beinahe verlorenen Wissens: *Pinguine – Ein Wegweiser von A-Z*. Es war ein antiquarisches Werk eines völlig unbekannten Autors (Fjodor F. Rostowitsch), der, wie der Klappentext besagte, zu seiner Zeit zu den angesehenen (aber tragischen) Entdeckerpersönlichkeiten gehört hatte. Und tatsächlich: Etliche Verweise auf Sir Anthony Arlington, auf dessen Reise, auf dessen Pläne, auf dessen Scheitern …

Mrs. Robington schüttelte erstaunt den Kopf. Sie würde den alten Buchhändler, Mr. Snow, noch einmal konsultieren. Vielleicht konnte er den Wahrheitsgehalt dieser

Behauptungen aufklären. Diskret legte sie die Reste ihrer Barschaft neben das Kännchen, atmete tief durch und nahm einen zweiten Anlauf, endlich zurück in ihren Heimatort zu fahren, wo sich in den nächsten Tagen manch Überraschendes ereignen würde – wenn sie nur alles richtig machte. Ein klein wenig sank ihr allerdings doch der Mut, als sie endlich wieder in das spätnachmittägliche London hinaus trat. Bullford Pendrick. Ausgerechnet.

✲

Zumindest streikten die Bahnarbeiter nicht, und so fand sich die Lehrerin aus Great Missenden wenig später in einem etwas zerschlissenen, aber sauberen Abteil eines scheinbar antiken Reisewaggons wieder und ertappte sich dabei, dass sie weder die Muße fand, in die Zeitung zu blicken noch aus dem Fenster. Daran war sicherlich auch Schuld, dass sie von der Nacht im Harriet's Inn noch aufgewühlt war (weil manche Dinge sich nunmal auch nach Jahrzehnten nicht ändern). Mehr noch aber arbeitete in ihr die Ungewissheit, ob ihre Überlegungen sich bezahlt machen und ihre Bemühungen um Unterstützung Erfolg haben würden. Normalerweise hätte sie nun im Zug gesessen und auf die vorbeiziehenden Landschaften, Häuser und Menschen geblickt. Doch es mochte ihr an diesem Tag nicht gelingen. Gewiss, Harrow-On-The-Hill klang wesentlich romantischer, als es aussah – zumal von einem Hügel nicht das Geringste zu erkennen gewesen wäre, wenn Mrs. Robington denn hingeschaut hätte. Aber spätestens nach Rickmansworth, wenn die Häuser sich langsam zu lichten begannen, hätte ihr Herz schneller geschlagen. Es war, als würde man mit jeder Meile, die man fuhr, ein wenig deutlicher die Luft von Great Missenden erahnen, die, wie sich unschwer denken lässt, die beste von ganz Buckinghamshire war, wenn nicht von ganz Europa. Die Chiltern Railways trugen die Reisende, deren Gedanken nicht zur Ruhe zu kommen vermochten, durch Chorleywood, Chalfont & Latimer und Amersham. Sachte Hügel erinnerten an eine Reise zur ruhigen See. Die Kühe hoben ihre müden Häupter zum Gruß, an den Bahnschranken standen die Landbewohner geduldig in ihren klobigen Wagen und einige Städter auf dem Nachhauseweg nach London in ihren noch klobigeren (aber natürlich moderneren). Und Mrs. Annetta Robingtons Gewissen schien mit jeder Meile, die sie sich ihrem geliebten Heimatnest näherte, bedrückter zu werden. Schmachvoll empfand sie die Tücke, mit der sie Bullford Pendricks Pläne hintertrieben hatte. Wer oder was hatte ihr dazu ein Recht gegeben? Und: War sie in der Wahl ihrer Mittel wirklich frei von persönlichen Motiven gewesen?

Je mehr sie darüber grübelte, umso deutlicher begann aber auch ein neuer Plan in Mrs. Robington zu reifen, ein gewagter gewiss, aber vielleicht der Plan, den es jetzt brauchte, um den ganz großen Schaden doch noch von ihrer kleinen Gemeinde abzuwenden. Und während draußen die liebliche Landschaft von Buckinghamshire vorbeiflog, versank die Dame aus der Provinz in die Feinheiten eines sehr sorgfältig ausgeklügelten Vorhabens.

Als Mrs. Robington aufblickte, stand der Zug bereits

in Aylesbury: Wendover und Stoke Mandeville lagen hinter ihr, Great Missenden ebenso. Aber der Geistesblitz war es wert. Also stieg Mrs. Robington in den Bus, der sie zurück in ihren Heimatort bringen würde und ärgerte sich fast gar nicht, dass sie ausgerechnet neben Heather Winkleman zu sitzen kam, die sich aus ihrem früheren Berufsleben als Chefsekretärin sowohl die Neigung zu Gerüchten bewahrt hatte wie auch die Zahl der Anschläge. Nur dass sie die jetzt mit den Lippen absolvierte und nicht mehr mit den Fingern auf der Schreibmaschine.

Great Missenden lag in mildem Abendlicht, als sie endlich ihr Häuschen an der Ecke High Street / Church Street erblickte. London mochte ja eine großartige Stadt sein und ein Juwel im Universum. Gegen eine Ortschaft wie Great Missenden war es doch eher unspektakulär. Gab es in der Hauptstadt solche Holztüren, die noch aus bester Wiltshirer Walnuss gezimmert waren? Hatte *irgendjemand* in London einen Blick wie Mrs. Robington aus ihrem Badezimmer im ersten Stock? Gab es eine einzige Kirche in der Kapitale des Vereinigten Königreichs, deren Glockenwerk es mit dem von St. Peter & St. Paul aufnehmen konnte? Mrs. Robington öffnete die Fenster weit und ließ den Duft des Landes und das Vespergeläut herein, während sie sich die Schuhe abstreifte und die Augen schloss, ganz eins mit ihrer Heimat und mit ihrem Häuschen, das sie nicht aufgeben würde, ehe man sie nicht mit den Füßen voran hinaustrug. Zwei Atemzüge Landluft waren erholsamer als ein Tag im Hyde Park.

Erquickt und voller Tatendrang, setzte sie einen Kessel

Wasser auf, ließ sich ein Bad ein, sah nach der Post (nur die unvermeidlichen Werbungen von Immobilienmaklern und Asia-Restaurants) und den Anrufen auf Band (nur die unvermeidliche Eva Brides, die ihr den neuesten Klatsch aus der Gemeindeversammlung berichten wollte). Sie trat in den kleinen Garten, pflückte eine Handvoll welker Rosenblätter vom Strauch, der sich über die ganze Rückseite ihres Häuschens emporrankte, goss den Tee auf, ging wieder ins Badezimmer und gab die Rosenblätter und einige Tropfen Rosenöl ins Wasser.

In einer duftenden Badewanne frischen Erinnerungen nachzusinnen, zumal so sinnlichen wie denen von Mrs. Robington, lässt sich kaum mit der nötigen Seriosität beschreiben. Ein wenig erschöpft und doch zugleich aufgewühlt tappte unsere Protagonistin einige Zeit später hinab in die Küche, wo der Tee inzwischen die Konsistenz und Farbe von türkischem Kaffee angenommen hatte. Mrs. Robington liebte Tee, wenn er stark war. Zunächst einmal hieß es, einen Anruf tätigen. Sie zupfte sich das Haar ein wenig zurecht, als könnte man sie am Telefon sehen – als könnte *er* sie sehen – und wählte dann die Nummer seines Birminghamer Büros. Zu ihrer angenehmen Überraschung wusste die Sekretärin mit ihrem Namen etwas anzufangen, musste sie aber vertrösten. »Ich fürchte, dass er vor morgen Vormittag nicht dazu kommen wird, sich bei Ihnen zu melden«, beschied die ebenso freundliche wie bestimmte Dame, die sich Mrs. Robington als eine Figur aus einem Roman von Roald Dahl vorstellte (nicht zuletzt, weil *er* sie so beschrieben hatte; nicht nötig zu erwähnen, dass *er* nicht minder gut in einen solchen Roman gepasst hätte und sich wahrscheinlich auch in einem wiedergefunden hätte, wäre er nur ein paar Jahre früher geboren worden). Nun gut, er würde sich melden. Als Nächstes würde sie Pastor Williams einen Besuch abstatten und dann anschließend die Runde im Missing Mug einberufen. Die Ladies würden ohnehin nichts Besseres zu tun haben.

Man darf sich das Pfarrhaus von Great Missenden wie die Kulisse eines traditionellen englischen Krimis vorstellen, nur dass der Pfarrer den Anforderungen nicht genügte. Er war weder dick noch gemütlich, sondern ein unverbesserlicher Grübler. Mrs. Robington mochte Pastor Williams. Ja mehr noch: Sie schätzte ihn sehr, und das nicht erst seit er sie so getröstet hatte, als ihr Kater gestorben war (sie hatte sich nie einen neuen kaufen können, Reginald wäre schlicht nicht zu ersetzen gewesen). Es waren vor allem seine Trauerreden, die sie gerne hörte – das würde sie allerdings niemals aussprechen, denn es klang selbst in ihren Ohren befremdlich. Pastor Williams schien postum in die Seelen der Menschen blicken zu können. Es gelang ihm stets, so tiefe und erstaunliche Wahrheiten über die Verflossenen zu sagen, dass Mrs. Robington nicht selten ihr ganzes Urteil über den zu Beerdigenden revidierte. Dabei war es nicht einfach nur Schmeichelei und Lob, das der Pfarrer vortrug. Es ging vor allem um Verständnis. So, wie er es darzulegen pflegte, erschienen selbst das missglückteste Leben und der verdorbenste Charakter als etwas, das im Gefüge der kosmischen Ordnung beinahe zwangsläufig so hatte sein müssen. Der Verstorbene hatte sein Leben gelebt wie sein Leben nun einmal gewesen war. Er hatte gelitten und gehofft, sich gesehnt und manchmal bemüht, oft genug vergeblich. Er hatte schwache Momente gehabt und solche der Einsamkeit. Hätten wir mehr für ihn tun können? Waren nicht wir diejenigen, die sein Leben zu dem gemacht hatten, was es letztlich geworden war? Und wenn er uns beschimpfte, war es nicht auch ein Zeichen, dass wir ihm eben nicht gleichgültig waren? Wenn er betrunken die Straße heruntergetaumelt kam, war es nicht ein Hilferuf gewesen? Er war ungepflegt gewesen? Ja, das war er: Er hatte sein Menschsein gezeigt. Ohne Eitelkeit. Vor aller Welt. Wollen wir ihn dafür verurteilen? Und dann wieder: die kindliche Freude des Verstorbenen an den einfachsten Dingen. An einer kleinen Schlägerei (wie im Kindergarten). An einer Spritztour im gestohlenen Auto (was ist schon eine Beule im Kotflügel, heute, da wir an seinem offenen Grab stehen).

Pastor Williams' Grabreden waren reine Literatur. Sie erhoben den Verstorbenen über die Lebenden. Und sie regten zum Nachdenken an. Ja, der Pfarrer war ein gewitzter Mann, auch wenn er in seiner Bärbeißigkeit die Lebenden oft und gerne vergraulte. Aber diesmal würde es gerade gut sein, diesmal würde Mrs. Robington des Geistlichen blitzgescheite Reden ganz ohne einen Toten zum Nutzen der Gemeinde einsetzen. Nun gut, fast ohne einen Toten.

✻

Sie traf den Pfarrer im Garten an. Übrigens keineswegs beim Rosenschneiden oder beim Unkrautjäten, sondern auf dem Trimmrad, ein Handtuch über Kopf und Schultern, gerade so, als hielte er die Nase über eine Schüssel mit dampfendem Kräutersud. Lediglich seine buschigen weißen Augenbrauen lugten heraus – und natürlich die leuchtend-rote Pastorennase.

»Mr. Williams?«

»Was denken Sie denn, wer hier schwitzt, Mrs. Robington?«

»Könnte ich Sie kurz sprechen?«

Der Pfarrer hielt inne und atmete tief durch. Oder war es ein Seufzen? »Was kann ich für Sie tun?«

»Würden Sie das wirklich machen?«

»Was?«

»Etwas für mich tun?«

Der Pfarrer strubbelte sich den feucht glänzenden Kopf und schickte ihr einen scharfen Blick unter dem Handtuch hervor. »Sie tragen keine Tasche bei sich, Ihre Hände sind leer, einen Pudding wollen Sie mir offensichtlich nicht bringen.«

»Hach, Sie sind wie immer köstlich, Herr Pfarrer«, sagte Mrs. Robington und rückte dem Geistlichen ein wenig auf den Leib, sodass ihm nichts anderes übrigblieb, als das Trimmrad zu räumen und voraus ins Haus zu gehen. »Nehmen Sie Platz und schütten Sie Ihr Herz aus.«

✳

8.

Moral als Maßstab menschlichen Handelns

Man kann und darf dem Homo sapiens nicht in Abrede stellen, dass er im Laufe seiner Entwicklung ein gewisses moralisch zu nennendes Empfinden entwickelt hat. So brutal und widernatürlich er die unterschiedlichsten Arten in Gefangenschaft nimmt, so strenge – und keineswegs gänzlich religiös motivierte – Regeln hat er für deren Haltung entwickelt. Namentlich die von ihm »Haustiere« genannten Versklavten hält er mit besonderer Sorgfalt und einer zwar absurden, aber ausgeprägten Zuneigung. Umgekehrt kann er von ihm als »Nutztiere« bezeichnete Arten ohne Bedenken ausbeuten und zögert nicht, sich von ihnen zu ernähren, selbst wenn sie Säuger sind. Im Einzelnen ist der Mensch oft sehr mitfühlend (vor allem, wenn es ihn nichts kostet), in größerem Maßstab hingegen völlig emotionslos und ausschließlich auf den eigenen Vorteil bedacht. In diesem Zusammenhang beruft er sich gerne auf moralische Maßstäbe, die er aber in der Regel für sich selbst nicht gelten lässt, weil er sich generell in einer Ausnahmesituation befindet, die ihn von moralischen Ansprüchen freistellt. Die Moral ist mithin als Maßstab menschlichen Handelns vor allem eine Fiktion, die den jeweils Anderen ins Unrecht setzen soll. Keinesfalls aber gilt sie artübergreifend.

(P. G. Iceberger, Die Entdeckung des Menschen)

Selten war die Runde im Missing Mug so enthusiasmierend. Zumindest für Mrs. Robington. Die anderen Damen wussten ja von nichts. Für sie war das Treffen wie üblich eine willkommene Abwechslung. Eine Möglichkeit, den Abenden bei Bingo TV, Medium Dry Sherry oder gar einem fußballguckenden Ehegatten zu entkommen und sich mit Gleichgesinnten auszutauschen, bevorzugt über die letzten Neuigkeiten von der Gemeindeversammlung, den jüngsten Korruptionsskandal im örtlichen Philatelistenverein (»Und ich *schwöre,* er hat die Marke nur so günstig bekommen, weil er dem Postboten eine Kiste Gin aus Huckberry's Brennerei spendiert hat.«) oder Rezepte, die garantiert gelingen (etwa die neue Kreation von Livia Brown: Früchtebrot mit frischer Gurke und Cheddarcreme, Letztere übrigens zu 99 Pence bei Tesco).

Tilda Benson war ein wenig schweigsam an jenem

Abend und trug kaum zur Unterhaltung bei. Vielmehr betrachtete sie Mrs. Robington immer wieder aus den Augenwinkeln und fing gar das eine oder andere Mal ein Zwinkern von ihr auf, was sie nur noch mehr verwirrte. Es war in all den Jahren (übrigens zwölf an der Zahl) das erste Mal gewesen, dass ihr als stellvertretender Leiterin des St. Peter & St. Paul-Kirchenchors die Ehre zuteilgeworden war, die Probe zu leiten. Selbst nach der Entfernung ihrer Weisheitszähne hatte Annetta es sich nicht nehmen lassen, den Chor zu dirigieren. Schon gar nicht, als sie vor zwei Jahren mit einem geschienten Bein den buckligen Pfad über den Kirchhof hatte zurücklegen müssen (eine Probe im Pfarrhaus hatte sie abgelehnt, des Klangs wegen). Und nun das: Annetta war länger in London geblieben als geplant. Hatte sie *jemals* etwas anders gemacht als geplant? Das war sehr zu bezweifeln. Es *musste* also gute Gründe gegeben haben, ja *wichtige* Gründe, andernfalls hätte Annetta *niemals* auf das Dirigat verzichtet. Und in der Tat, plötzlich platzte die Chorleiterin heraus: »Habt Ihr übrigens von Bullford Pendricks bemerkenswertem Fund gehört?«

»Was hat er denn gefunden?«, fragte die ahnungslose Charlotte Fringewood und beugte sich neugierig über ihren Tee mit Rum.

»Ach, nur ein paar alte Briefe«, klärte Livia Brown sie auf. »Ein Reporter hat sich dafür interessiert.«

»Ein Reporter? Wie aufregend!« Auch Gwen O'Buckley wurde neugierig. »Wer hätte gedacht, dass sich ausgerechnet für Bullford Pendrick mal die Presse interessiert.«

»Oh, mich wundert das nicht«, sagte Mrs. Robington

scheinbar beiläufig. »Ich denke, er hat schon dafür gesorgt.«

»Meinst du?« Tilda Benson musterte ihre Freundin ganz genau. »Wie sollte ihm das wohl gelingen?«

»Nun, der Fund scheint nicht ganz unwichtig zu sein. Jedenfalls hat er einen Journalisten des *Independent* gefunden …« Mrs. Robington machte eine ganz kleine Pause, um zu betonen, dass es eben nicht irgendein Journalist gewesen war, sondern einer von der ihrer Meinung nach besten Tageszeitung im gesamten Königreich. »… der ihm abnahm, oder vielmehr: der *erkannt hat,* dass ein Bündel Briefe des berühmten Arktisforschers Sir Anthony Arlington mehr ist als Altpapier. Und nun steht es in der Zeitung – und demnächst wird er deshalb einen Haufen Geld bekommen.«

»Der Journalist?«, fragte die ahnungslose Charlotte Fringewood.

»Bullford«, klärte Livia Brown sie auf.

»Und damit wird ein bedeutendes Erbe unserer kleinen Ortschaft fort sein und wir werden noch tiefer in der Bedeutungslosigkeit versinken.«

Ein Laut des Schreckens ging durch die Reihe der Damen, wie ihn Mrs. Robington nicht besser hätte einstudieren können. »Aber warum das denn?«

»Charlotte«, seufzte Livia Brown. »Wer in Great Missenden wird wohl einen Haufen Geld für ein Bündel Briefe bezahlen?«

»Niemand, nehme ich an.«

»Siehst du. Deshalb. *London* wird die Briefe kaufen. Und dann sind sie weg.«

»Es sei denn ...«, sagte Annetta Robington leise.

»Es sei denn was?«, fragten die Chormitglieder vollen-det synchron.

✳

Als sie sich zwei Stunden und zwei Flaschen Amontillado später vor dem Pub zerstreuten, beseelte diebische Freude die fünf Damen. Dabei wussten sie noch nicht einmal das Beste! Auch Mrs. Robington hatte nicht die leiseste Ahnung, dass ihr gewagtester Coup tatsächlich glücken würde. Das würde sie erst einige Stunden später erfahren – aber greifen wir nicht vor.

Es war eine sternenklare Nacht in Great Missenden. Die Straßen waren leer, in den meisten Häusern die Lichter schon erloschen. Man ging früh zu Bett in dieser Gegend, die Menschen waren sehr reell, bodenständig hätten sie selbst gesagt (ohne eigentlich so recht eine Vorstellung davon zu haben, wogegen sie sich mit dieser Beschreibung abgrenzen wollten). Mrs. Robington genoss den kurzen Weg zu ihrem Haus, in dem ihr eine Lampe, die sie immer im Flur brennen ließ, heimleuchtete. Sie war hier geboren, lebte hier und würde einst hier sterben. Natürlich hoffte sie, dass dieses letzte Ereignis in weiter Ferne liegen möge. Aber so oder so: Konnte es etwas Schöneres geben, als die Zeit, die einem der liebe Gott auf Erden schenkte, in diesem Örtchen zu verbringen, nah genug an der Hauptstadt, um alles in greifbarer Nähe zu haben, weit genug davon entfernt, um dem Trubel und der Hektik zu entgehen. Hier lief das Leben langsamer, war die Luft reiner und waren die Menschen berechenbarer als in London oder irgendeiner anderen Großstadt dieser Welt.

Dankbar hielt Mrs. Robington inne und blickte noch einmal die Straße hinab. All die guten Geister, mit denen sie hier lebte. Und *Bullford Pendrick.* Ein leiser Schatten flog über ihre Laune. Doch dann gedachte sie ihres Plans und konnte sich ein süffisantes Lächeln nicht verkneifen, während sie die Tür aufsperrte und – das war gewiss dem Sherry geschuldet – ihre Pumps auf den Boden klackern ließ, wo sie unordentlich übereinander liegenblieben.

Nach einer Katzenwäsche und ohne sich den Pyjama überzuziehen, sank sie auf das Laken und war schon im Reich der Träume, ehe noch der zweite Atemzug über das Kopfkissen strich.

*

Am nächsten Morgen war ein kleiner Teil der Euphorie verflogen. Ob ihr Vorhaben wirklich den beabsichtigten Erfolg zeitigen würde? Vielleicht war sie auch nur im Begriff, sich unsterblich zu blamieren, sich zum Gespött der Gemeinde zu machen, und zwar auf immer und ewig! Andererseits: Wenn sie nicht die Initiative ergriff, wer dann. Niemand schien sich sonderlich für den Schatzfund von Bullford Pendrick zu interessieren.

Sie machte sich einen kräftigen Ceylon-Tee und holte den *Independent* herein, der wie stets auf der Fußmatte vor der Haustür lag. Im Morgenmantel setzte sie sich auf die kleine Terrasse hinter ihrem Wohnzimmer. Die Vögel zwitscherten, ein warmer Spätsommerwind fuhr durch die Sträucher und wehte einen angenehmen Rosenhauch über ihr noch unfrisiertes Haar. Keine Meldung über Great Missenden. Einerseits ärgerte sich Mrs. Robington über die Ignoranz, mit der auch die Gebildeteren unter ihren Zeitgenossen dem Thema offenbar begegneten. Andererseits schöpfte sie auch etwas Hoffnung, dass Bullford Pendricks Aussichten auf üppige Beute sanken. Wenn sich niemand interessierte, dann konnte er kaum mit den erhofften Reichtümern rechnen.

Es war noch früh am Morgen. Wie jeden Tag war Mrs. Robington um kurz nach sechs Uhr aufgewacht. Als Lehrerin war ihr das in Fleisch und Blut übergegangen und trieb sie auch in den Ferien und an den Wochenenden zeitig aus dem Bett. Es war ein Samstag – und damit auch in der schulfreien Zeit ein Arbeitstag für die Lehrerin. Denn an den Samstagen, und zwar fast an allen, sommers wie winters, hütete Mrs. Robington die Gemeindebibliothek von Great Missenden, eine Einrichtung, auf die der Ort zu Recht sehr stolz war. Man hatte einen bemerkenswerten Schatz an guten Büchern. Keine bibliophilen Kostbarkeiten, dazu hätte Great Missenden gar nicht die finanziellen Mittel gehabt, sondern Bücher, die gelesen wurden. Von den Klassikern der Weltliteratur bis zu den Bestsellern der letzten Jahre. Mrs. Robington liebte die Bibliothek. Sie war schon als Kind beinahe täglich dort gewesen, später dann mit erwachender Neugier auf die großen Literaten, zu Studienzeiten … Sie hatte so lange tagtäglich zwischen den Büchern verbracht, dass sie immer öfter die Aufsicht übernommen hatte, wenn jemand ausgefallen war: Sie kannte ja alles und wusste über alles Bescheid, sie war vertrauter mit der Institution als die Bibliothekarinnen selbst. Und irgendwann war sie dann Bibliothekarin gewesen, für die Samstage, die sie seither (und das waren schon etliche Jahre) zwischen 9 Uhr und 16 Uhr hinter der Theke am Eingang zum großen Lesesaal verbrachte, ein gutes Buch in der Hand und stets ein Auge auf die Besucher.

Leider auch auf Bullford Pendrick. Der hatte es sich nämlich angewöhnt, samstags in die Bibliothek zu kommen, um seine Studien zu betreiben. Wer sich nun fragt, welche Art von Studien denn »der unzivilisierteste Mensch der zivilisierten Welt« (wie Mrs. Robington ihn bei keiner Gelegenheit zu nennen unterließ) in den geheiligten Hallen der Literatur betrieb, der kennt offenbar keine Männer wie Bullford Pendrick. Er kam gewiss nicht, um Shakespeare zu lesen. Auch nicht Yeats oder gar Byron. Von den Werken der Astronomie war er so weit entfernt wie der Oxford Circus von der nächstgelegenen Galaxie. Von der Lektüre medizinischer Fachliteratur, von Philosophie oder den exakten Wissenschaften eher noch weiter. Nein, es war die druckfrische wöchentliche Fußballzeitschrift, die er im Lesesaal verschlang.

Mrs. Robington war der tiefen Überzeugung, dass eine Fußballzeitschrift in einer öffentlichen Bibliothek nichts zu suchen hatte. Es gab sehr viel Wichtigeres in der Welt der Literatur, und sie hatte mehrmals darum ersucht, das Blatt abzubestellen, insbesondere nachdem Mr. Pendrick auf den Gedanken verfallen war, es hier zu lesen. Doch im ausschließlich männlich besetzten Direktorium der Bibliothek war dergleichen offensichtlich nicht durchsetzbar – und so bemühte sich Mrs. Robington allsamstäglich, Bullford Pendrick ausgiebig zu ignorieren. Nicht anders würde sie heute verfahren – doch zuvor gab es noch ein wichtiges Telefonat zu erledigen.

✳

Es dauerte eine Weile, ehe sich jemand am anderen Ende der Leitung meldete, doch wer hätte das verübelt. Immerhin galt es lange Flure zu durchschreiten, nicht etwa durch die Tiefen des Ozeans zu gleiten. Letzteres wäre pfeilschnell gegangen, jenes brauchte seine Zeit. Die Stimme war unverkennbar. »Schwester Emily! Wie schön, Sie zu hören. Hier spricht Mrs. Robington aus Great Missenden, ich weiß nicht, ob Sie sich an mich erinnern.«

»Liebe Mrs. Robington! Aber natürlich! Ich mag ja schon ein wenig in die Jahre gekommen sein, aber so weit reicht mein Gedächtnis dann doch.«

»Verzeihen Sie, Schwester. So habe ich das nicht gemeint.«

»Kein Problem. Was kann ich denn für Sie tun, liebe Mrs. Robington.«

»Nun, wie soll ich sagen, es ist … ich habe ein Anliegen. Ein ziemlich großes Anliegen, um ehrlich zu sein.«

»Sie machen mich neugierig, meine Liebe. Dann lassen Sie mal hören.«

Im Moment, da sie es aussprach, wurde Mrs. Robington die ganze Unverschämtheit ihres Ansinnens bewusst, und sie wagte kaum, ihre Bitte zu Ende vorzutragen. Allein der Umstand, dass ihr beim besten Willen nicht einfiel, was sie stattdessen hätte sagen sollen, verhinderte, dass sie ihren Plan zurückzog. Das war ja alles völlig verrückt. Viel zu verrückt, um zu gelingen. Zu verrückt auch, um überhaupt von ihr zu stammen. Wer war sie denn schon? Eine kleine Geographielehrerin in der Provinz, weit davon entfernt, von irgendjemandem ernst genommen zu werden. Wenn sie eines Tages stürbe, würde man sich ihrer nur erinnern, wenn man zufällig an ihrem Grabstein vorbeikam – und auch das nur, solange die Grabstelle bezahlt und der Flecken Erde nicht aufgelassen wurde, um einen neuen Gast zu beherbergen. »Tja, ich weiß selbst, wie seltsam das klingt«, schloss sie ihren Vortrag. »Und ich nehme es Ihnen auch ganz sicher nicht übel, wenn Sie mir eine Absage erteilen. Im Gegenteil: Vermutlich täten Sie mir damit sogar einen Gefallen.«

»Aber nein, meine Liebe«, entgegnete Schwester Emily. »Ich finde Ihre Idee sehr sympathisch, und ich bin sicher, Mutter Oberin wird mir da zustimmen. Geben Sie mir ein Stündchen oder zwei, dann kann ich Ihnen Bescheid geben, ob es klappt.«

Mit zitternder Hand legte Mrs. Robington den Hörer auf. Sie wollte gerade noch einmal die Nummer wählen, um alles abzublasen, da klingelte das Telefon. Sie zuckte zusammen. »Robington?«, meldete sie sich.

»Du bist es tatsächlich«, meldete sich diese so sanfte Stimme dieses so sanften Mannes am anderen Ende, dessen so sanfte Hände vor kaum mehr als vierundzwanzig Stunden noch ihren Rücken und … Mein Gott, dachte sie, ich werde ohnmächtig. Wurde sie aber nicht. Stattdessen galoppierte ihr Herz wie eine Ouvertüre von Rossini. »Ja«, hauchte sie. »Ich bin es. Und es ist mir unendlich peinlich.«

»Was ist dir peinlich, liebste Annetta?«, fragten diese Lippen, die vor so kurzer Zeit noch … Es fiel Mrs. Robington ausgesprochen schwer, nicht völlig töricht zu klingen, während sie ihm das Peinliche erzählte. Doch dann war es raus – und das Wunder geschah. Er sagte ganz einfach und ohne zu zögern, als hätte sie ihn gebeten, auf dem Nachhauseweg noch ein Päckchen Klopapier mitzubringen: »Natürlich. Gerne.« Und verabschiedete sich, indem er ihr den melodischsten Kuss durchs Telefon schickte, der jemals durch das Kabel von Birmingham nach Great Missenden gesandt worden war.

*

9.

Encyclopedia Penguinica

Die E. gilt als eine der geheimnisvollsten lexikalischen Arbeiten der Geschichte. Sie soll ursprünglich auf 28 Bände angelegt gewesen sein, schließlich aber 48 (manche Quellen behaupten 50) Bände gehabt haben. Zum Abschluss gekommen unter der Schirmherrschaft Kaiser Rudolfs II. vermutlich im Jahr 1667 in Prag, ist die E. ein editorisches Meisterwerk, deren letzter Herausgeber der aus dem Dänischen stammende Königspinguin Tycho Brahe war (auch bekannt als der Pinguin mit dem goldenen Schnabel). Brahe war es, der die E. in mehrere menschliche Sprachen übersetzte. Mit Ausnahme des letzten Bandes (heute als sog. »Voynich-Manuskript« eines der großen bibliographischen Rätsel der Menschheit) hat er damit das gesamte Wissen der Spheniscidae auch der Gattung Homo sapiens zugänglich gemacht. Dennoch – oder vielleicht gerade deshalb – wurde die E. schon kurze Zeit später Opfer eines enzyklopädischen Verdrängungswettbewerbs. Das in ihr gesammelte Wissen floss, soweit es dem Weltbild der Menschen nicht widersprach, in deren Lexika ein (namentlich in die berühmte Diderot'sche Enzyklopädie), die Quelle aber wurde rücksichtslos aus allen Bibliotheken entfernt. Man kann hier von einem Vernichtungsfeldzug des Homo sapiens gegen das Weltwissen der Spheniscidae sprechen. Nur noch einzelne Bände der E. existieren in privaten Sammlungen, wo sie vor der Öffentlichkeit geschützt, der Wissenschaft aber auch entzogen sind. Seit einigen Generationen soll eine geheime, angeblich in London beheimatete Gesellschaft an einer Neuausgabe der E. arbeiten. Beweise gibt es dafür jedoch nicht.

(Fjodor F. Rostowitsch, Pinguine – Ein Wegweiser von A-Z)

Die nächsten Tage waren geprägt von Organisation, Vorbereitung und Chorproben. Mrs. Annetta Robington wollte nichts, sie *durfte* nichts dem Zufall überlassen. Wenn ihr Plan nicht aufginge, würde sie die Schmach nicht überleben, das war ihr völlig klar. Je länger ihr Entschluss, hier tätig zu werden, zurücklag, umso mehr stellte sich ein Gefühl unendlicher Scham ein. Sie hätte das nicht tun dürfen. Das wusste sie, aber schlimmer noch: Sie *spürte* es auch. Die Selbstherrlichkeit, ja Verschlagenheit, mit der sie dem Schicksal ins Rad gegriffen hatte, nagte an ihrem Herzen. Umso mehr floh sie in Arbeit – und ließ sich vom Studium der Antarktis und ihrer Bewohner ablenken. Sie bewunderte die Fähigkeiten des Sturmvogels und die Eleganz des Seidenschnabels, sie bestaunte den Seeleoparden und den Krabbenfresser, die Dominikanermöwe und all die Robbenarten, die sich in diesem unwirtlichen Lebensraum niedergelassen hatten. Und wenn sie aus dem Fenster hinüberblickte zu St. Peter & St. Paul, dann empfand sie ebenso tiefe Dankbarkeit für das englische Klima wie Sehnsucht nach der Schönheit des Ewigen Eises, seiner Gletscher und Eisströme, seiner Buchten, Fjorde und Eisscheiden.

*

Bullford Reginald Pendrick jr., von seinen Freunden »Bully« genannt, unterschied sich in nichts vom typischen Middle Class-Engländer. Er trug ein paar Pfund zu viel um die Körpermitte und ein paar zu wenig in der Geldbörse, benutzte seit langem Pay TV (natürlich des Fußballs wegen), ging aber nur selten ins Stadion (der unverschämten Preise wegen). Er betrieb keinen Sport, war aber Experte in allen ernst zu nehmenden Disziplinen (nationaler und internationaler Fußball sowie Pferdewetten und Rugby). Er hatte einen Stammplatz im Lady Godive und kehrte gelegentlich im Missing Mug ein. Seit etlichen Jahren war er geschieden. Mrs. Pendrick hatte eine Affäre mit einem Busfahrer gehabt und dann lieber die Ehe beendet als die Affäre (wobei die Ehe von Anbeginn als eine eher unglückliche galt). Wie so viele andere Männer war auch Bullford Pendrick in jungen Jahren einmal durchaus attraktiv gewesen und hatte zunächst ein eher vielversprechendes Leben begonnen, indem er sich für kleines Geld ein verwaistes kleines Anwesen zulegte, um es zu restaurieren, mit einigen Freunden eine Band gründete (die sich allerdings nach acht Wochen wieder auflöste) und ein wenig vom Glanz seines zugegebenermaßen sehr gebrauchten, aber umso liebevoller gepflegten Aston Martin auf sich selbst abfärben ließ. Alles das – und viele andere Details, die zu erwähnen hier den Rahmen völlig sprengen würde – legte mehr als nahe, dass er und Mrs. Annetta Robington kaum jemals auch nur ein Wort aneinander gerichtet hätten, vom bloßen Gruß auf der Straße abgesehen. Und doch hatte es einem unerhört gehässigen Schicksal gefallen, Bullford Pendrick nahezu täglich über Mrs. Robingtons Füße stolpern zu lassen – bildlich gesprochen. Denn nach seiner Entlassung aus dem Polizeiverwaltungsdienst – man brauchte im ausgehenden 20. Jahrhundert schlicht keine Mitarbeiter mehr, die den Verkehr regelten – hatte er sich an der örtlichen Schule auf die Stelle des Hausmeisters beworben – und war genommen worden! Mrs. Robington hatte es zunächst für einen Scherz gehalten, als er ihr auf dem Schulhof über den Weg gelaufen war und sie mit den Worten begrüßt hatte: »Ah, meine liebe Annetta, wie nett! Wir werden uns jetzt öfter sehen.«

Weshalb sich ein Bullford Pendrick die Freiheit herausnahm, sie nach all den Jahren immer noch beim Vornamen anzusprechen, hatte sich Mrs. Robington bis heute nicht erschlossen. Sie jedenfalls befleißigte sich stets, ihn mit »Mr. Pendrick« zurückzugrüßen. Plumpe Vertraulichkeiten mochte er sich für andere Gesprächspartnerinnen aufheben, egal, ob sie nun dieselbe Schule besucht hatten oder nicht.

An jenem Samstagmorgen jedoch wagte die Lehrerin, alles auf eine Karte zu setzen, ja, sie sprang über ihren eigenen Schatten und schenkte dem Schulhausmeister sogar ein kleines Lächeln, als sie ihn vor dem Eingang zur Bibliothek grüßte: »Guten Morgen, Bullford.«

In der Tat war er so irritiert, dass er vergaß, die Hände aus den Hosentaschen zu nehmen. Stattdessen räusperte er sich nur wieder und wieder und tappte hinter ihr her durch die Glastür, die sie mit all ihrer Amtsautorität aufgesperrt hatte. »Ein schöner Tag heute, nicht wahr?«

»O ja!«, beeilte sich Bullford Pendrick zu erwidern, kaum dass er seine Sprache wiedergefunden hatte. »Sehr schön, in der Tat.«

»Ich bin etwas spät dran heute, deine Fußballzeitschrift ist wohl noch nicht ausgepackt.«

»Kein Problem. Ich kann warten und inzwischen ...« Er sah sich etwas hilflos um.

»Vielleicht etwas von Homer lesen?«

»Ja. Homer. Gute Idee.« Er schlenderte, die Hände immer noch in den Hosentaschen, in den Lesesaal und sah sich um, während Mrs. Robington ihm amüsiert aus den Augenwinkeln hinterherblickte. Vermutlich dachte er an Homer Simpson, die Zeichentrickfigur. Den anderen Homer kannte er doch gar nicht. Und Mrs. Robington kannte wiederum die Simpsons nur, weil eine Zeitlang praktisch alle ihre Schüler mit Simpsons-T-Shirts oder -Kappen zum Unterricht gekommen waren.

Da saß er also und wartete, sogar im Sitzen die Hände in den Taschen, den Bauch unvorteilhaft aufgestülpt, den Blick durch das große Panoramafenster auf die Straße gerichtet. Mrs. Robington glaubte gar, rote Ohren unter dem Haarkranz zu erkennen, in den sich bereits einige weiße Strähnen gemischt hatten. Sie angelte den Umschlag mit der Fußballzeitschrift aus der Post, riss ihn auf, atmete tief durch und brachte ihm das Schundblatt an den Platz. »Bitteschön, der Herr.«

»O danke, Annetta, das ist wirklich sehr liebenswürdig.«

»Keine Ursache.« Ohne allzu große Überwindung gelang es ihr, noch einmal freundlich zu lächeln. »Ich habe

von deinem Fund gehört, Bullford. Das hat mich sehr beeindruckt.«

»O ja. Danke«, erwiderte der Schulhausmeister verlegen. »Wirklich ein großes Ding. Dachte ich jedenfalls zuerst.«

»Dachtest du? Ich bin sicher, die Welt wird sich um die Briefe reißen!«, entgegnete Annetta Robington im Brustton tiefer Überzeugung.

»Nun, es sieht wohl eher nicht danach aus.« Bullford Pendrick knetete seine Hände, den Blick auf den Boden gerichtet. Einen Moment herrschte Schweigen, und auch Annetta Robington wusste nicht so recht, was sie sagen sollte. Schließlich seufzte er, zuckte mit den Schultern und sah lächelnd zu ihr auf. »Es sollte eine Auktion geben. Aber das Auktionshaus hat die Sache abgeblasen.«

»Wirklich!« Annetta Robington hoffte, dass sie angemessen schockiert aussah. »Aber warum das denn?«

»Ach, eigentlich wundert es mich nicht«, sagte Pendrick. »Es hätte auch nicht zu mir gepasst. Weder dieser Fund noch das viele Geld, das ich mir davon erhofft hatte. Du kennst mich ja, ich bin ein einfacher Mann. Ich bin zufrieden, wenn ich … lassen wir das. Sir Anthony Arlington jedenfalls hätte sich im Grabe umgedreht, wenn er erfahren hätte, dass *ich* seine Briefe gelesen habe.«

»Du meinst *gefunden,* nicht wahr?«

»Ja, sicher. Zuerst habe ich sie gefunden«, lachte Bullford Pendrick. »*Gelesen* habe ich sie erst danach.« Er war aufgestanden und beugte sich ein wenig näher zu Annetta Robington hin. »Sehr interessant übrigens! War schon ein beeindruckender Mann. Und was er über seine Reisen geschrieben hat … Wusstest du, dass er Pinguine kennengelernt hat? Ich meine: persönlich?«

Mrs. Annetta Robington spürte, wie ihr das schlechte Gewissen den Hals zuschnürte. Seltsamerweise verspürte sie keinen Triumph, obwohl ihr Plan aufgegangen war. »Tatsächlich?«, sagte sie deshalb nur. »Das ist ja ungeheuer interessant.« Sie nickte Bullford Pendrick aufmunternd zu und wandte sich zum Gehen. Kaum einen Schritt entfernt aber, drehte sie sich noch einmal zu ihm hin, gerade so als wäre es ihr eben erst eingefallen. »Ach, Bullford, wirst du morgen beim Gottesdienst sein?«

Es dauerte einen Augenblick, bis der Schulhausmeister verarbeitet hatte, dass dieses Gespräch genau verkehrt herum lief (nämlich *sie ihn* ansprach und nicht umgekehrt, wie sonst). »Aber ja«, sagte er. »Das bin ich doch jeden Sonntag. Fast.«

»Wie schön. Dann werden wir uns ja sehen.«

Für die restliche Zeit seiner Lektüre – die diesmal nicht sehr bemerkenswert sein konnte, denn immer wieder schweifte Bullford Pendricks Blick durch das große Fenster in die Ferne – ließ sie ihn in Ruhe und achtete darauf, dass sie ihm keine Gelegenheit zu einem Blickkontakt oder gar einem Wortwechsel gab. Das hätte noch gefehlt. Der Austausch bis hierhin war ihrethalben mehr als genug bis Weihnachten – nächsten Jahres! Doch es war ja für einen guten Zweck gewesen. Ohnehin würde sie Bullford bei jeder sich nur irgend bietenden Gelegenheit treffen, ob sie wollte oder nicht. Denn das Schicksal schien sich einen Spaß daraus zu machen, ihn zielgenau dorthin zu führen, wo sie zu sein beabsichtigte: Stellte sie ihre Rosenzüchtungen im Stadtpark aus, entpuppte sich der Hausmeister als Verehrer der duftenden Blumen. Nahm sie an einer Lesung im Roald-Dahl-Zentrum teil, saß Bullford mit Sicherheit im Auditorium (und sie hätte *schwören* können, dass er kurz vor der Pause eingeschlafen war). Bat sie um Sachspenden für Eritrea, konnte sie Gift darauf nehmen, dass er ein Paar Fellwinterstiefel brachte und seine Hilfe anbot. Ein Wunder, dass er am Mittwoch nicht auch nach London gefahren war und in der Royal Albert Hall plötzlich neben ihr im Foyer gestanden hatte. Immer waren es die absurdesten Zufälle, die ihn in ihre Nähe führten.

Wie sie sich damals so in ihm hatte irren können, war ihr völlig schleierhaft und würde es auch immer bleiben. Sicher, in einer Zeit, in der sein Bauch kleiner und sein Horizont – zumindest scheinbar – noch größer gewesen war, konnte man Bullford für gutaussehend halten. Und die drei Semester Anthropologie, die er angeblich studiert hatte, hatten ihn immerhin so viel über die Menschen gelehrt, dass er auf seine geerdete Weise einen durchaus amüsanten Sinn für Ironie entwickelt hatte. Letztlich waren es aber wohl vor allem seine Augen gewesen, die Annettas törichtes Herz erobert hatten, dieser plüschtierhafte Blick, der vermutlich, ach was: unzweifelhaft mütterliche Instinkte in ihr angesprochen hatte.

Sie durfte nicht dran denken. Nicht an die abendlichen Spaziergänge über die Felder noch an die unbeholfenen, aber umso rührenderen Gedichte. Nicht an ihre jugendliche Dummheit noch an die Schmeicheleien, mit denen er ihr Urteilsvermögen betäubt hatte. Und schon gar nicht an jenen Tag im Mai, der vorgegeben hatte, der schönste in ihrem ganzen Leben werden zu wollen, um am Ende zur größten Demütigung zu werden, die ihr jemals widerfahren war. Nein. An alles das durfte sie nicht denken, sonst wäre sie unmöglich imstande, ihren Plan mit der nötigen Fairness in die Tat umzusetzen. Also atmete sie jedes Mal tief durch, wenn sich die Gedanken erneut aufzudrängen begannen, und rang sie mit einem Lächeln nieder, wie man es in dieser Form von höchstpersönlicher Disziplin vermutlich nur von der Queen erwarten durfte. Dort also saß er, der Schandfleck ihres Lebens.

Und ausgerechnet er hatte diesen epochalen Fund gemacht. Auf seinem Dachboden. Was für eine lächerliche Fügung der Weltgeschichte. Bei Arbeiten an seinem Cottage. *Cottage!* Wenn dieses zerzauste Gemäuer als Cottage durchging, dann musste Chiltern wohl das neue Siebenbürgen sein – und Bullford Pendrick wäre Graf Dracula. Kopfschüttelnd begann sich Mrs. Robington ihren Pflichten zu widmen, zu denen unter anderem die Katalogisierung der Neuzugänge zählte, eine Arbeit, die sie immer gerne getan hatte, führte sie doch unweigerlich dazu, dass man auch Bücher zur Hand nahm, die man sonst achtlos übergangen hätte.

Und so fand sich Mrs. Robington jeden Samstag irgendwann wieder in der Lektüre eines Werkes, von dem sie nie zuvor gehört hatte. Ob es ein Bändchen mit Gedichten von Michelangelo Buonarotti war (wer hätte gedacht, dass der Mann nicht nur malen, sondern ebenso gut Verse pinseln konnte) oder ein populärwissenschaftliches Sachbuch über die jüngsten Erkenntnisse der Neurologie (besonders spannend: das Kapitel übers Lernen!), eine Sammlung Briefe von Emily Dickinson (wie aufwühlend!) oder eine völlig unbekannte Erzählung von Boris Pasternak (wie geheimnisvoll!). Und dann, plötzlich, hielt sie einen Bildband in der Hand, der ihren Puls beschleunigte: *Wunder der Antarktis*. Im unpraktischen Querformat, schwer und sperrig, doch wenn man ihn einmal vor sich hingelegt hatte und die Blätter einzeln mit spitzen Fingern wendete, dann tat sich Seite für Seite ein Panorama von ungeheurer Faszination auf. Eiswelten, endlose Weiten, betörende Farben, Blautöne vor allem, von denen man hätte annehmen mögen, dass sie in der freien Natur gar nicht vorkamen – und natürlich jene unglaublich beeindruckenden, ebenso eleganten wie herzerwärmenden Wesen, deren strenge Zurückhaltung im maximalen Gegensatz stand zu der Attraktion, die ihr Äußeres für Menschen bildete: Pinguine. Pinguine in allen Größen und Gattungen. Einzeln und im Rudel (oder sagte man Schwarm?), an Land und im Wasser, auf und unter den Wellen, aus der Ferne wie geometrische Figuren auf der weißen Landfläche oder aus nächster Nähe, sodass man fast das Gefühl hatte, sie könnten einem aus dem Bild heraus auf die Schulter klopfen.

Über der Betrachtung der Pinguine verging so viel Zeit, dass Mrs. Robington erst merkte, dass sie längst hätte schließen müssen, als sie nur noch allein in der Bibliothek saß. Die Ausleihen und Rücknahmen hatte sie nebenher erledigt, die Schwätzchen am Rande waren ausgefallen, offenbar hatte man genügend Feingefühl gehabt, ihre packende Lektüre nicht länger als nötig stören zu wollen. Selbst Bullford Pendrick war verschwunden.

Erquickt und zugleich ein wenig müde machte Mrs. Robington ihre Runde durch die Regalreihen, löschte nach und nach die Lampen, versperrte die Kasse mit den mickrigen Mahngebühren und dem Wechselgeld, schlüpfte in ihre Jacke – und klemmte sich die *Wunder der Antarktis* unter den Arm, um sie bis Montagmorgen zu Hause zu Ende zu lesen. Dann verließ sie die Bibliothek und eilte schnellstens heim, um sich endlich ein paar gebratene Eier mit Toast und einen kräftigen Earl Grey zu machen, wie sie es jeden Samstag tat, wenn sie ihre Pflichten erledigt hatte. Pinguine, dachte sie. Was für außerordentlich seltsame Geschöpfe. Landtiere mit Flügeln. Vögel, die tauchten. Alles, nur nicht das, was es schien.

✳

10.

Expeditionen ins Menschenreich

Im Laufe der Jahrtausende hat es zahlreiche Expeditionen ins Reich des Homo sapiens gegeben. Von den Schelfreisen der frühen Seetaucher nach Feuerland und Tasmanien über die Forschungsunternehmungen der Waimanu bis hin zu den teilweise minutiös dokumentierten Entdeckungsreisen der Brillenpinguine.

Von besonderer Bedeutung war die Entdeckung einer menschlichen Reisegruppe unter Leitung eines gewissen Vasco da Gama am 25. November 1497 vor der südlichen Küste Afrikas. Mehrere Mitglieder der Expedition wurden von den Menschen verschleppt, einige von ihnen sogar ermordet und gefressen. Es gilt dieses Zusammentreffen der Arten als Wendepunkt der Beziehungen zwischen Spheniscidae und Homo sapiens. Die offensichtlich feindselige Haltung der Menschen gegenüber Pinguinen führte dazu, dass nachfolgende Expeditionen nur noch verdeckt stattfanden und eine offene Form der Siedlung in menschlichem Habitat nicht mehr praktiziert wurde.

(P. G. Iceberger, Die Entdeckung des Menschen)

Sie hatte kaum ein Auge zugetan. Unruhig hatte sich Mrs. Annetta Robington in ihrem Bett gewälzt, hatte ihr Kissen sicher ein Dutzend Mal gewendet, hatte sich die Decke bis zum Kinn gezogen und dann wieder bis zu den Knien hinabgeschoben, war ein ums andere Mal auf die Toilette gegangen, hatte dem Vollmond die Schuld gegeben (um dann festzustellen, dass Halbmond war und auch der zumeist hinter Wolken versteckt). Sie hatte ihre abendliche Kanne Kenia-Tee verflucht und dann wieder diese neue Seife, die sie aus London mitgebracht hatte und nach der alles duftete, ja *roch*. Was immer sie unternahm, sie konnte keinen Frieden finden in jener Nacht, und natürlich war es ganz im Geheimen auch ihr klar, dass nichts von all diesen Nichtigkeiten die Schuld an ihrer Schlaflosigkeit traf, sondern dass der Grund dafür in der Zukunft lag, in der sehr nahen Zukunft genau genommen: bei den zu erwartenden Ereignissen des Sonntags, der sich – spät, viel zu spät – endlich am Horizont ankündigte – allerdings auf der anderen Seite des Hauses, weshalb Mrs. Robington den Rest der Nacht in der Küche auf das Morgenrot wartete.

Als um zehn Minuten vor neun Uhr die Glocken von St. Peter & St. Paul zu läuten begannen, stand sie längst in ihrem besten Sonntagskleid (dem schwarzen mit dem weißen Kragen, den weißen Knöpfen und den schlanken Zweidrittelärmeln) vor ihrer Haustür und gab vor, mit dem Gesangbuch noch einige Kantaten einzustudieren, die sie aber natürlich so gut auswendig kannte, dass sie sogar die kleinen Fehler im Satz dieser Ausgabe hätte singen können. Endlich also konnte sie ihre Schritte den Hügel hinab zur Kirche richten und war wie jeden Sonntag unter den Ersten, die den ergriffenen Blick auf den Altar richteten. Dann jedoch wandte sie sich zum Chorgestühl, wo sich bereits Livia Brown eingefunden hatte, die sie neugierig musterte. »Was denkst du, wird er kommen?«, fragte sie.

»Sicher. Er hat es mir gestern gesagt«, entgegnete Mrs. Robington und gab sich weitaus gelassener, als sie sich fühlte. Sie blickte hinüber und erkannte Pastor Williams, der am Seiteneingang einige Gläubige begrüßte. Bullford Pendrick war noch nicht zu sehen, doch er war ja selten früh, eher kam er das eine oder andere Mal zu spät. Hauptsache war, dass er heute überhaupt kam. Sonst wäre nicht nur alles vergebens gewesen, sondern unvorstellbar blamabel – für Annetta Robington.

Einen Augenblick leuchtete die rote Nase des Pastors in ihre Richtung, und Mrs. Robington nickte ihm freundlich zu, seinen fragenden Blick ignorierend. Langsam füllte sich das Kirchenschiff, und die Gemeinde sortierte sich auf die Plätze – stets dieselben übrigens, man hatte seine Gewohnheiten. Bullford Pendrick, wenn er denn kam, würde etwa in der Mitte sitzen und natürlich auf der rechten Seite.

Die restlichen Damen des Chors trafen ein und sogar der unvermeidliche Mr. Bonneville, der alljährlich wegen übermäßigen Genusses geistiger Getränke aus dem Chor ausgeschlossen wurde, aber dennoch immer wieder teilnahm (und den man bis zum nächsten Rauswurf auch gewähren ließ, weil er es verstand, stets auf die freundlichste und nüchternste Art aufzutauchen und den Damen einige Komplimente zu machen, sodass man ihm nicht gut die Tür weisen konnte – schon gar nicht die Kirchentür). Immerhin glich er mit seiner kräftigen Stimme ein wenig die Uneindeutigkeiten in den Stimmlagen von Gwen O'Buckley und Charlotte Fringewood aus. Und was er mit seiner Stimme nicht schaffte, gelang ihm oft genug mit der Orgel, die er ebenso kraft- wie kunstvoll in St. Peter & St. Paul spielte, seit der Domorganist mit einer Varietékünstlerin durchgebrannt war. Als die Chormitglieder alle versammelt waren, räusperte sich Mrs. Robington und teilte so diskret wie möglich mit: »Ich werde das Dirigat heute nur für das erste Lied übernehmen.«

»Wirklich?«, fragte Livia Brown, deren Augen aufleuchteten, schließlich war sie die stellvertretende Chorleiterin und damit also automatisch Dirigentin in dem Fall, dass Annetta Robington – aus welchem Grund auch immer – eben nicht dirigierte.

»Es ist nicht, wie du denkst, meine Gute«, beeilte sich Mrs. Robington zu erklären. »Ich habe euch etwas Wichtiges noch nicht gesagt, weil ich nicht wusste, ob es wirklich klappt. Wir werden heute …« In diesem Moment ging ein Raunen durch die Gemeinde, und alle Köpfe wandten sich dem großen Portal zu, durch das in aller Würde eine Gruppe von Nonnen eintrat. Auch die Chormitglieder bestaunten die frommen Frauen, wiewohl sie ja gewusst hatten, dass Mrs. Robington sie eingeladen hatte. Denn sie waren in der Tat überaus reizend anzusehen in ihrer schmucken Tracht, die ein wenig an Mrs. Robingtons bestes Sonntagskleid erinnerte. Langsam durchmaßen sie das Kirchenschiff in seiner ganzen Länge und stiegen dann die wenigen Stufen zum Altarraum hinauf, wo sie sich in drei Reihen im Halbkreis aufstellten, den Gläubigen zugewandt, im Rücken des Pfarrers, der nun ebenfalls seine Position eingenommen hatte.

»Meine Damen«, sagte Mrs. Robington leise und deutete zum Altarraum hin. »Und mein Herr. Bitte.« Sie ging vor und postierte sich hinter dem Pfarrer vor dem Schwesternchor. Die Mitglieder des Kirchenchors bildeten eine kleine Gruppe vor den Nonnen, das Geflüster und Getuschel in der Kirche verstummte, und es trat andächtige Stille ein. Mrs. Robington holte noch einmal tief Luft, schloss kurz die Augen, schickte ein stummes Stoßgebet in den Himmel und hob die Arme.

Das *Gloria* geriet so rasant, dass nach dem letzten Akkord die Stille im hohen Gewölbe fast ein wenig erschreckend wirkte. Alle erwarteten nun, dass Pastor Williams das Wort ergreifen werde. Doch stattdessen hob Mrs. Robington erneut die Arme und gab behutsam die Tonart vor, um sodann ein *Ave Maria* anzudirigieren. Etwas verwundert, aber nicht ungern lauschte die Kirchengemeinde auch diesem Lied, das kaum merklich vom Zuschwingen der Tür gestört wurde. Ein ortsfremder Herr huschte lautlos von der Seitenpforte zum Altarraum hin und an Mrs. Robingtons Seite, die die Arme sinken und dem Gast das Dirigat überließ. Man kann ohne Übertreibung sagen, dass das »I« in »Maria« niemals zuvor eine solche Betonung erfahren hat. Ebensowenig vermutlich jemals danach. Die Überraschung der Sängerinnen (nicht des Sängers: der ahnte nicht, was vor sich ging, und kannte den Mann nicht einmal) war überwältigend. Den Rest des Liedes zu führen war gewiss keine leichte Übung für Sir Stephen, zumal die Schwestern (und noch mehr die vier Damen des Kirchenchors) es praktisch durchgehend seufzten. Und doch schafften sie es alle irgendwie.

Als der Chor verstummt war und auch das letzte Seufzen verklungen, trat Pastor Williams nach vorne und richtete das Wort an die Gemeinde: »Liebe Brüder und Schwestern, ihr habt es gemerkt, heute ist kein gewöhnlicher Gottesdienst. Nun, eigentlich sollte ja kein Gottesdienst jemals *gewöhnlich* sein, nicht wahr?« Wie so oft, hatte sich Pastor Williams wieder einmal selbst aus dem Konzept gebracht und schüttelte verwirrt den Kopf. Doch schon war er wieder in der Spur: »Es gibt einen besonderen Grund, weshalb wir heute und hier einen sehr besonderen Gottesdienst begehen wollen.«

Kaum nötig zu erwähnen, dass in der Gemeinde angesichts dieser Worte zunächst Ratlosigkeit herrschte. Worauf Pastor Williams da anspielte, war schlicht niemandem bekannt. Hatte es mit dem seltsamen Chor der Nonnen zu tun? Oder mit dem Chorleiter, dessen enormer weißer Haarpuschel sich zwischen den schwarzen Köpfen der Ordensfrauen beinahe komisch ausnahm?

»Vor ein paar Tagen habe ich in der Presse eine Meldung gelesen«, fuhr der Pfarrer fort und hielt plötzlich einen Zettel in der Hand, nein: einen Ausriss aus der Zeitung.« *Sensationeller Fund in Great Missenden.* Es stellte sich heraus, dass von der Entdeckung eines Bündels kostbarer Briefe durch unseren lieben Mitbruder Bullford Pendrick die Rede war. Bullford Pendrick, der heute hier unter uns ist und den ich im Namen unserer ganzen Gemeinde herzlich begrüßen möchte.«

An dieser Stelle seiner Predigt – oder muss man es doch eher »Ansprache« nennen? – richteten sich aller Blicke auf den an seinem üblichen Platze sitzenden Mitbruder, dessen Ohren nun mit dem ganzen restlichen Kopf um die Wette glühten und der ganz offensichtlich völlig überrumpelt war. »Wie ich ebenfalls erfahren habe, weiß die Welt den Wert, den *außerordentlichen* Wert dieser Brief nicht zu schätzen! Dabei gereicht es unserer kleinen Gemeinde zu großen Ehren, dass wir hier ein so wundervolles Erbe der Menschheit wiederentdecken konnten. Unser lieber

Mitbruder Bullford wollte die Briefe zuerst verkaufen. Das kann man verstehen, auch wenn es ganz außerordentlich schade gewesen wäre. Doch es fanden sich keine Käufer. Nun stellt sich die Frage, was mit den kostbaren Schriften sonst zu tun ist. Ich möchte euch heute bitten, liebe Brüder und Schwestern, spendet reichlich, damit wir unserem lieben Mitbruder Bullford die Briefe abkaufen, um sie für die Gemeinde zu bewahren. Dabei wollen uns die Barmherzigen Schwestern aus London und der ehrenwerte Sir Stephen unterstützen, indem sie heute die Musik zu unserem Gottesdienst beitragen.«

Und wie um seine Worte nachdrücklich zu unterstreichen, hob der Chor ein *Gloria* an, das Bullford Pendrick seine schüchtern erhobene Hand wieder zurückziehen und die gesamte Gemeinde ehrfurchtsvoll lauschen ließ.

Schon wenig später verteilte ein Messdiener kleine Körbchen unter den Gläubigen, auf dass niemand sich allzu früh aus dem Gottesdienst verabschiede (vor allem niemand, ohne seinen Beitrag geleistet zu haben). Der Priester erzählte von der Nächstenliebe, von den guten Taten und von der Brüderlichkeit und lächelte dem sprachlosen Bullford Pendrick gelegentlich zu. Dann nickte er zu dem Weißschopf hin und nahm auf seinem Priesterstuhl Platz, während der Dirigent sich erhob und den Chor *Joy to the World! The Lord Is Come* anstimmen ließ. Bei der ersten Wiederholung fiel die Kirchengemeinde inbrünstig in den Gesang ein, und es kann festgehalten werden, dass ein feinsinniges Ohr weit über die Grenzen Great Missendens hinaus noch die Möglichkeit gehabt hätte, dem Lied zu lauschen.

Mrs. Robington aber konnte kaum fassen dass ihr ambitionierter, gut gemeinter, aber natürlich sehr perfider Plan so ganz und gar aufzugehen schien. Während der Pfarrer sprach, hatte sie Bullford Pendrick genau im Blick gehabt. Er war mit jedem Wort ein wenig tiefer in die Kirchenbank gesunken, hatte zu Boden geblickt und war ganz offensichtlich zutiefst beschämt und fraglos unendlich dankbar. Nachdem an einen Verkauf der Briefe bei Christie's oder bei Sotheby's nicht mehr zu denken war, musste das Klingeln der Münzen in den Körben für ihn wie ein Himmelsgeschenk wirken. Sein Verlust würde sich in Grenzen halten. Kein Wunder, wenn er das alles für ein Wunder hielt. Fast tat er Mrs. Robington in seiner Ahnungslosigkeit ein bisschen leid. Aber natürlich nur fast.

Sir Stephen dirigierte noch einige Kantaten von Bach und als Abschluss das gloriose *Halleluja* von Händel, so bewegend und bewegt, wie nur er es vermochte, mit aller Emphase und aller Diskretion, mit allem Furor und aller Sentimentalität eines vollendeten musikalischen Genies (und umwerfenden Charmeurs). Die Gebete (unter anderem ein Dankgebet, in dem besonders für das Seelenheil von Mitbruder Bullford Pendrick gebetet wurde) gingen wie im Traum an Mrs. Robington vorbei, wie überhaupt alles zu schweben schien an jenem Sonntagmorgen in Great Missenden. Selbst als Schwester Emily ihr nach den letzten Takten zuzwinkerte, selbst als Livia Brown raunte: »Und ich dachte, ich dürfte den Chor leiten.« Ja selbst, als Sir Stephen sie nach dem Gottesdienst in den Arm nahm und ihr »Was für ein außergewöhnlicher Damenchor, man könnte meinen, man dirigiert Pinguine« ins Haar flüsterte, nahm sie es nur wie durch eine zart getönte, durchsichtige Wand wahr.

✳

»Mein lieber Mr. Pendrick«, sagte Pastor Williams, als er im Pfarrhaus seines Schäfchens ansichtig wurde. »Welch ein großer Tag, den uns der Herr heute geschenkt hat!«

Bullford Pendricks Begeisterung schien sich in Grenzen zu halten, er nickte nur und seufzte. »Pastor, ich weiß gar nicht, was ich sagen soll.«

»Nichts, mein Sohn. Sag nichts. Nimm Gottes Gabe und geh hin in Frieden.«

»Das ist es ja, Pastor Williams. Ich kann es nicht annehmen.«

»Sei nicht bescheidener als sich ziemt, mein Sohn«, sprach der Pfarrer und legte Bullford Pendrick gütig die Hand auf die Schulter. »Tu, was richtig ist. Gib deinen Fund der Gemeinde und nimm zum Dank die Spenden der Gläubigen, die alle wussten, wofür sie ihr Geld gaben.«

»Das kann ich nicht, Pastor Williams. Tut mir leid.«

»Du meinst, du *möchtest* es nicht?«

»Nein, Pastor Williams. Ich *kann* es nicht. Weil ich die Briefe gar nicht mehr habe.«

✳

Mrs. Robington fand sich plötzlich an der Seite der eben vorbeiwatschelnden Mutter Oberin wieder. »Ach, Schwester, wie bezaubernd, dass Sie diese Reise und diese Mühen auf sich genommen haben! Ich werde Ihnen ewig dankbar sein!«

»Nun, meine Liebe«, erwiderte die Nonne. »Wie oft hat man schon Gelegenheit unter Sir Stephen zu singen. Zumal er ja nur sehr selten Chöre dirigiert. Und meines Wissens sind wir der erste geistliche Chor, den er geleitet hat. *Wir* sind *Ihnen* zu Dank verpflichtet.« Sie seufzte. »Außerdem habe ich mich sehr gefreut, meinen alten Freund Pickton Williams wiederzusehen.«

»Den Pastor?«

»Wir kennen uns schon ewig. Aber leider hatten wir uns aus den Augen verloren. Wie es so ist. Die Pflichten eben. Und das Leben, das seine eigenen Pläne mit uns hat.« Die Mutter Oberin hielt inne und sah lächelnd zu dem Geistlichen hinüber, der gerade die Gottesdienstbesucher verabschiedete. »Dabei findet er immer so interessante Perspektiven. Und er hat ein so außergewöhnliches Einfühlungsvermögen, das ist mir damals schon aufgefallen, als wir uns in der Mission in Madagaskar zum ersten Mal begegneten … Nun ja, typisch für einen Eselspinguin.« Sie winkte einer ihrer Mitschwestern, die offenbar in Betrachtung der kunstvollen alten Fenstermotive der Kirche die Zeit vergessen hatte, und wedelte ihr mit den Flügeln, sich zu beeilen.

»Esels… pinguin«, stotterte Mrs. Annetta Robington verwirrt und suchte im Gewühl der Gläubigen den Pfarrer. Jetzt, wo es die Mutter Oberin gesagt hatte … Die rote Nase, die buschig-weißen Augenbrauen, die auffällige Kleinwüchsigkeit … Wo war er nur? Dort drüben bei Sir Stephen, der umringt war von Gemeindemitgliedern, die ihn beglückwünschten und ihn um Autogramme baten? Nein. Oder dort, wo sich Schwester Emily mit einer Schneegans unterhielt?

»Suchen Sie jemanden?«, fragte neben ihr ein Unbekannter, dessen neugierige Augen pinguingleich hinter einer strengen Brille hervorblitzten. Kein Pinguin, wie Annetta Robington auf den ersten Blick feststellte. Viel zu groß. Und eine bemerkenswert schlechte Körperhaltung. »Ich, äh, suche den Pastor.«

»Hm. Schöne Predigt. Dass Sie dem großmütigen Spender nun wiederum Ihrerseits das Geld hinterherwerfen, finde ich trotzdem außergewöhnlich.« Er verbeugte sich leicht. »Charles Tillerman. *Independent*.«

»Oh, wirklich! Wie schön, dass Sie gekommen sind. Annetta Robington.«

»Dann waren Sie es, die uns eine ›tolle Story‹ versprochen hat!«

Etwas beschämt blickte Mrs. Robington zu Boden. »Ja. Das war ich.« Sie sah auf. »Wie meinten Sie das mit dem Spender, dem wir das Geld hinterherwerfen?«

»Nun, dass er die Briefe der Gemeinde spenden würde, das wussten wir ja schon vorher.« Mr. Tillerman klopfte eine Zigarette aus einer schon etwas verbeulten Schachtel. »Darf ich?«

»Seit wann wussten Sie das? Sie haben doch selbst geschrieben, dass er gedenkt, die Briefe meistbietend zu verkaufen!«

»Sie spielen auf meinen Artikel vom Mittwoch an? Nun, das war Stand letzten Dienstag. Am Freitag hatte er es sich offenbar anders überlegt. Aber für eine zweite Geschichte im *Independent* war die Sache dann doch nicht groß genug. Na ja, vielleicht wenn wir die Sache mit dem Dankgottesdienst, den Nonnen und Sir Stephen dazupacken, können wir das zumindest im Vermischten bringen. Die Leute lesen ja immer auch gerne solche kleinen, netten Geschichten über das Gute im Menschen, nicht wahr? Mal sehen, ob mir Sir Stephen für ein paar Zitate zur Verfügung steht.« Mit diesen Worten verschwand der Journalist und hinterließ lediglich eine völlig unpassende Qualmwolke, die sich in einem Gotteshaus nun absolut nicht gehörte. Empört wedelte Mrs. Robington die verpestete Luft beiseite und starrte ihm hinterher.

»Ein unangenehmer Mensch«, hörte sie neben sich jemanden sagen. Sie musste den Blick etwas senken. »Sir Basil?«

»Nur Basil, bitte«, korrigierte der alte Buchhändler. »Basil Snow. Den *Sir* hat mal irgendwann jemand erfunden. Seither hängt er mir an. Ich bin aber ganz zufrieden damit, nicht zur Aristokratie zu gehören.« Gemütlich ließ er den Blick über die sich langsam zerstreuende Gemeinde schweifen. »Hübsche Veranstaltung. Vor allem der Damenchor. Ganz entzückend, wirklich.«

»Nun ja, ich dachte, wir könnten Bullford gewissermaßen … erpressen, die Briefe nicht zu verkaufen … moralisch, meine ich. Und sie stattdessen der Gemeinde zu spenden.«

»Und nun stellt sich heraus, dass er darauf zuvor schon von allein gekommen ist? Köstlich. Ich liebe die Menschen. Sie sind so … menschlich.« Leise kichernd klopfte er auf seine Tasche, die er unter dem Flügel trug.

»Wie kommt es, dass Sie hier sind?«

»Oh, ich hatte den Artikel im *Independent* gelesen. Sir Anthony Arlington, das hat mich natürlich interessiert, wissen Sie, ich arbeite ja in meiner Freizeit an einigen wissenschaftlichen Schriften. Sir Anthony ist dabei ein nahezu unbeschriebenes Blatt. Gott sei Dank! Nicht auszudenken, wenn sein Briefwechsel öffentlich würde. So bedeutsam er – aus menschlicher Sicht – als Forscher war, so wenig Beachtung hat ihm die Nachwelt gezollt. Bisher. Das kann gerne so bleiben. Es ist ja nicht auszuschließen, dass die Menschheit doch noch aufwacht und sich für ihn zu interessieren beginnt. Das wäre, wie Sie wissen …« Er senkte die Stimme. »Äußerst gefährlich für mich und meine Artgenossen.«

Mrs. Robington wusste es zu gut. War es ihr nicht genau darum gegangen bei der ganzen Aktion? Die Pinguine vor der Entdeckung durch den Menschen zu retten? »Nun, da ich wusste, dass er aus Great Missenden stammte«, erklärte der alte Buchhändler weiter, »gedachte ich herauszufinden, ob es noch weitere Spuren von ihm gibt, die sich womöglich verfolgen lassen. Wie ich herausgefunden habe, steht sein Landhaus noch, wenn auch in kläglichem Zustand. Es muss das Anwesen sein, in dem die Briefe gefunden wurden. Mit etwas Glück kann ich die Bekanntschaft des heutigen Besitzers machen.«

»Bullford Pendrick«, flüsterte Mrs. Robington tonlos.

»Richtig. So heißt er wohl. Der Zufall will es, dass ein alter Freund von mir ihn vor Jahren bei den Anthropologen kennengelernt hat. Aus schwer nachvollziehbaren Gründen hatte dieser Pendrick sein Studium aufgegeben, obwohl er dem Vernehmen nach zu den Vielversprechendsten seines Jahrgangs gehörte. Aber wie das so ist, wenn junge Menschen sich verlieben und lieber Geld verdienen als dem Ruhm nachjagen wollen … Jedenfalls bin ich ausgesprochen neugierig, mehr über Sir Anthony Arlington herauszufinden. Und aller Schriften habhaft zu werden, die womöglich als tickende Zeitbombe noch irgendwo existieren. Mrs. Robington?«

✲

11.

Als Mrs. Annetta Robington wieder zu sich kam, blickte sie als Erstes in die sanftmütigen Augen von Sir Stephen. Einem ersten Impuls folgend, spitzte sie die Lippen, doch Sir Stephen lächelte nur und strich ihr übers Haar. »Nur eine kleine Ohnmacht. Vermutlich die Anspannung. Kaum ist sie weg, verlassen einen die Lebensgeister. Ich kenne das. Nach großen Konzerten ist es auch mir schon passiert.« Er richtete sich auf und gab den Blick frei auf eine illustre Runde von Anwesenden, die ihre besorgten Gesichter ihr zugewandt hatten. »Geht es Ihnen gut, meine Liebe?«, fragte Schwester Emily.

»Ja … ja … gewiss«, flüsterte Mrs. Robington.

»Gott sei Dank«, beschied Pastor Williams und wackelte mit seinem weißen Federbusch über den Augen.

»Simon«, sagte die eben Erwachte und griff nach seiner Hand. »Tausend Dank. Ich weiß gar nicht, was ich sagen soll. Aber die Wahrheit ist: Es hätte gar nicht sein müssen. Er hatte die Briefe schon gespendet. Vorher.«

»Macht es einen Unterschied?« Sir Stephen dirigierte ein wenig in die Luft. »Ob er erst eingeseift wird und dann spendet oder ob er erst spendet und dann gebauchpinselt wird – wen interessiert's? Wir haben ein wenig musiziert, haben ein paar kluge Worte des Pfarrers gehört und uns an einem schönen Sonntag auf dem Land getroffen… Alles ist gut, Annie.«

»Ach, Simon, ich bin dir so dankbar.« All die Anwesenden! Mrs. Robington fühlte sich sehr befangen und fand kaum die Worte. »Wirst du noch bleiben?«, fragte sie hoffnungsvoll.

Sir Stephen schüttelte den Kopf. »Das wäre keine gute Idee, Annie«, sagte er. »Ich würde nur stören.« Und er zog Bullford Pendrick aus dem Hintergrund und schob ihn zu ihr hin. »Aber mein neuer Freund hier wird sich deiner annehmen.« Der große Dirigent zwinkerte beiden zu und verabschiedete sich mit einer vollendeten Verbeugung. Und mit ebensolcher Konsequenz und Eleganz trat er vom Altarraum ab und verließ die Kirche und Great Missenden und Mrs. Annetta Robingtons Leben, um sich neuen Abenteuern zu widmen.

»Bullford?«, flüsterte Annetta Robington gerührt. *Es wäre ja vieles leichter auf der Welt, wenn die Menschen nicht immer nur sehen würden, was sie sehen wollen,* hörte sie irgendjemanden in ihrem Hinterkopf sagen. Und da stand er nun oder vielmehr: sank neben ihr nieder und blickte sorgenvoll auf sie. »Wie geht es dir, Annetta?«

»Ach, danke, Bullford«, seufzte sie und versuchte ein Lächeln. »Abgesehen davon, dass ich wohl unendlich dumm bin und dass ich mir den Kopf angeschlagen habe, ganz gut.«

»Du hast das alles hier gemacht?«, fragte Bullford Pendrick und nickte ins Weit des Kirchenschiffs, wo die letzten Gottesdienstbesucher zum Ausgang strebten. »Für mich?«

Natürlich hätte Mrs. Robington ihn in falschem Glauben lassen können. Natürlich hätte sie ihn ebensogut mit der bitteren Wahrheit konfrontieren können. Tatsache aber war: Sie wusste nicht, was sie sagen sollte. Sie wusste nur, was sie sah: Sie sah einen etwas in die Jahre gekommenen Mann, der ihr einst (als er noch jung und, nun ja, vielleicht auch schön gewesen war) den Hof gemacht – und dann allen Mut verloren und sie am Vorabend der Hochzeit sitzen gelassen hatte. Sie sah aber auch einen Mann, der ihre Nähe suchte, wo er nur konnte. Dessen sorgenvolles Gesicht über ihr schwebte. Der (mit zugegebenermaßen etwas zu feuchten Fingern) ihre Hand hielt. Und dem sie nicht gestehen konnte, wie raffiniert und gemein ihr Plan gewesen war. Denn alles, was sie sah, hatte sie allzu viele Jahre nicht gesehen. Nicht sehen *wollen*. »Ach, Bullford«, seufzte sie. »Sollten wir am Ende tatsächlich noch einmal …« Sie sprach es nicht aus. Aber er verstand es auch so.

Bullford Pendrick also kniete nieder und holte tief Luft, ehe er sich ein Herz fasste und fragte, was er all die Jahre noch einmal hätte fragen wollen und doch nie zu fragen gewagt hatte, während Mrs. Robingtons Wangen einen zarten Hauch von Remontant annahmen.

✳

Überlassen wir es der Phantasie der Leserin oder des Lesers, welche Wendung dieser Teil der Geschichte genommen haben mag. Fest steht, dass Basil Snow die Briefe von Sir Anthony Arlington in seinem roten Koffer für einige Zeit zu Studienzwecken mit nach London nahm und in ihnen endlich die nötigen Beweise fand, um die Geschichte der Polarforschung für sein Lebenswerk, die *Encyclopedia Penguinica*, der Wahrheit gemäß zu erzählen. Sofern das Werk einst wirklich erscheinen sollte, wird es nicht zuletzt dieses Kapitels wegen dazu beitragen, die Wissenschaft zu revolutionieren oder, wie ein legendärer Buchhändler im schönen Mayfair es ausgedrückt hätte: zu zwingen, nicht mehr nur das zu sehen, was man erwartet hat.

Während Basil Snow sein neu erworbenes Wissen feuereifrig an den Wilton Cres im vornehmen Belgravia trug und dort mit seinen Brüdern im Geiste teilte, beschlossen die Barmherzigen Schwestern, gemeinsam mit Sir Stephen einige geistliche Lieder aufzunehmen. Bullford Pendrick bestand darauf, eine große Feier für alle seine Freunde im Lady Godive (wie unschwer zu erraten ist, ein Name, der sich auf die Legende einer tauchenden Dame bezieht) zu veranstalten. Mr. Bonneville entsagte wie durch ein Wunder allen geistigen Getränken, nachdem er (was er aber niemals jemandem verriet) bei einer Messe ganze Scharen von Pinguinen in der Kirche zu sehen geglaubt hatte. Pastor Williams fand, dass es eine gute Idee sei, seine Schäfchen bereits *vor* einer guten Tat dafür zu loben und ihnen so größeren Anreiz zu bieten, solche Taten auch zu vollführen. Livia Brown übernahm die Leitung des Chors von St. Peter & St. Paul, während Mrs. Robington sich anderen Beschäftigungen widmete. Jedes Jahr aber zur *Last Night of the Proms* besucht sie London, wo sie im Harriet's Inn übernachtet, Zimmer 17 natürlich, und … aber das wissen Sie alles selbst.

✼

ZUM SCHLUSS

Der Kirchenchor von St. Peter & St. Paul in Great Missenden umfasst nicht vier, fünf oder sechs Mitglieder, sondern mehr als doppelt so viele! Mrs. Robington wäre entzückt gewesen über den Zuspruch und die große Musikalität der Gemeindemitglieder. Überhaupt ist der Ort mit zahlreichen kulturellen Einrichtungen gesegnet, darunter ein großer Chor mit mehr als siebzig Mitgliedern, ein Museum für das dort verstorbene und begrabene langjährige Gemeindemitglied Roald Dahl, eine bemerkenswerte, vorzüglich sortierte Bibliothek und viele andere Attraktionen. Es leben in Great Missenden etwa 10 000 Einwohner. Wie viele davon Pinguine sind, ist nicht bekannt.

Neueste Forschungen haben ergeben, dass Pinguine längst nicht so friedliebend und sozial sein sollen, wie allgemein gedacht. Im Gegenteil gäbe es unter ihnen Egoismus und Perversion. Die Tiere hätten, so die Feststellung der an der Untersuchung beteiligten Zoologen, mithin wenig mit dem Menschen gemein. Nun, auch Forscher sehen bekanntlich vor allem, was sie sehen wollen.

✳

Dear Mr. Snow,

leider hatten wir bei Ihrem kurzen Aufenthalt in Great Missenden keine Gelegenheit, uns kennenzulernen. Mrs. Annetta Robington hat mir von Ihnen erzählt und mich – selbstverständlich unter dem Siegel der Verschwiegenheit – in Ihre

Arbeit an einem großen lexikalischen Werk eingeweiht. Es wird Sie vielleicht interessieren, dass in der Bibliothek unseres Pfarrhauses eine Sammlung alter Bücher steht, die unter dem Titel »Encyclopedia Penguinica« firmiert. Ich habe diesen Werken in der Vergangenheit keine große Beachtung geschenkt, da, wie man weiß, nichts so schnell veraltet wie ein Lexikon – abgesehen von der Tageszeitung natürlich. Aber falls es im Rahmen Ihrer Arbeit nützlich sein sollte, so bin ich gerne bereit, Ihnen die Bände zu überlassen (kommen Sie aber mit einer vernünftigen Transportmöglichkeit; ich habe sie gewogen: Sie wiegen zusammen mehr als ein ausgewachsener Kaiserpinguin). Im Gegenzug würde ich mich gerne als Autor eines Beitrags über die Geschichte des Gesangs vom Waimanu über den Riesenalk bis zu modernen Spheniscidae sinatrae einbringen, also einem kleinen Aufsatz über die letzten etwa 60 Mio. Jahre. Alternativ könnte ich Ihnen eine Arbeit über die päpstlichen Konklaven anbieten oder über unseren Vorfahren Simon den Fischer, auf den ja die ganze Organisation zurückgeht. Obwohl ich an ihm vor allem seine Fischereimethoden interessant fände. Überlegen Sie sich das und melden Sie sich.

Mit eisigen Grüßen

Ihr Pickton Williams (St. Peter & St. Paul), Great Missenden

»Das Glück liegt meist in den kleinen Dingen.
Und in einer guten Tasse Tee.«

Schwester Emily